NOUVELLE ÉDITION

BARBE-BLEUE

OPÉRA BOUFFE EN TROIS ACTES

PAR

HENRI MEILHAC & LUDOVIC HALÉVY

MUSIQUE DE

J. OFFENBACH

PARIS
CALMANN LÉVY, ÉDITEUR
RUE AUBER, 3, ET BOULEVARD DES ITALIENS, 15
A LA LIBRAIRIE NOUVELLE

1888

DERNIÈRES PIÈCES PARUES

	fr.	c.
Néron, *drame*	2	»
Néron, *opéra*	2	»
Une Nuit de Cléopâtre, *opéra*	1	»
Les Petits Mousquetaires, *op. c.*	2	»
Les Pattes de Mouche, *com.*	2	»
La Duchesse Martin, *comédie*	1	50
Un Roman parisien, *pièce*	2	»
Divorçons, *comédie*	2	»
Le Roi l'a dit, *op. com.*	2	»
L'Homme de peine, *drame*	2	»
Le Chevalier Jean, *dr. lyr.*	1	»
Diana, *opéra comique*	2	»
La Parisienne, *comédie*	1	»
Le Chiffonnier de Paris, *drame*	1	»
Château de Tire-Larigot, *com.*	1	»
Joli Gilles, *opéra comique*	1	»
Macbeth, *drame*	2	»
Les Invalides du Mariage, *com.*	2	»
L'Enclume, *opéra comique*	1	»
Indigne, *pièce*	2	»
La Poupée, *monologue*	1	»
Sapho, *opéra*	1	»
Richard III, *opéra*	1	»
Les Affolés, *comédie*	2	»
La Revanche du Capitaine, *com.*	1	50
La Farandole, *ballet*	1	»
François les Bas bleus, *op. c.*	1	»
Autour du Mariage, *comédie*	2	»
Le Monde où l'on s'ennuie, *com.*	2	»
La Princesse de Bagdad, *com.*	2	»
Françoise de Rimini, *opéra*	2	»
Boccace, *op. comique*	2	»
Le Jour et la Nuit, *op. bouffe*	2	»
Héloïse Paranquet, *comédie*	2	»
Orphée, *drame*	2	»
Portraits de la marquise, *com.*	1	50
Le Narcotique, *comédie*	1	50
Othello, *drame*	2	»
La Brebis égarée, *comédie*	2	»
La Carte forcée, *comédie*	1	50
Quatrevingt-Treize, *drame*	2	»
Les Pantins, *opéra com.*	1	»
La Roussotte, *comédie*	2	»
Janot, *opéra comique*	2	»
Les Poupées de l'Infante, *op. c.*		
Pendant le Bal, *comédie*	[illegible]	
Le Voyage d'agrément, *com.*	2	
Miss Fanfare, *comédie*	2	»
Le Klephte, *comédie*	1	50
L'Alouette, *comédie*	1	50
Le Récit de Théramène, *par. en v.*	1	»
Le Canard à trois becs, *op. bouf.*	2	»
La Noce d'Ambroise, *tabl. pop.*	1	50
La Petite Sœur, *comédie*	1	50
Jean Baudry, *pièce*	2	»
La Papillonne, *comédie*	2	»
Charlotte Corday, *drame*	2	»
La Moabite, *pièce en vers*	2	»
Rataplan, *revue*	2	»
Les Braves Gens *comédie*	2	»
Belle Lurette, *opéra comique*	2	»
Daniel Rochat, *comédie*	2	»
Jean de Nivelle, *opéra com.*	1	»
Les Mouchards, *pièce*	»	50
La Victime, *comédie*	1	50
Beau Nicolas, *opéra com*	2	»
Le Mari de la débutante, *com.*	2	»
La Famille, *comédie*	1	50
L'Étincelle, *pièce*	1	50
Les Tapageurs, *comédie*	2	»
Le Petit Hôtel, *comédie*	1	50
La Petite Mademoiselle, *op. c.*	2	[illegible]
Yedda, *ballet*	1	[illegible]
Etienne Marcel, *opéra*	1	[illegible]
L'Age ingrat, *comédie*	2	»
Les Danicheff, *com.*	2	»
Le Club, *comédie*	2	»
Les Fourchambault, *comédie*	2	»
Le Petit Duc, *opéra comique*	2	»
Hernani, *drame*	2	»
Le Roi de Lahore, *opéra*	1	»
Oh ! Monsieur ! *saynète*	1	»
L'Étrangère, *comédie*	2	»
Paul Forestier, *com. en vers*	2	»
Aïda, *opéra*	1	»
Paul et Virginie, *opéra*	1	»
Madame Caverlet, *comédie*	2	»

Paris. — Imprimerie J. Cathy, 3, rue Auber.

BARBE-BLEUE

OPÉRA-BOUFFE

Représenté pour la première fois, à Paris, sur le théâtre des VARIÉTÉS,
le 5 février 1866.

CALMANN LÉVY, ÉDITEUR

DES MÊMES AUTEURS

FORMAT GRAND IN-18

BARBE-BLEUE, opéra-bouffe en trois actes. . . . . 2 »
LA BELLE HÉLÈNE, opéra-bouffe en trois actes . . . 2 »
LA BOULANGÈRE A DES ÉCUS, opéra-bouffe en trois actes. . . . . 2 »
LA BOULE, comédie en quatre actes. . . . . 2 »
LE BOUQUET, comédie en un acte. 1 50
LES BREBIS DE PANURGE, comédie en un acte . . . 1 50
LE BRÉSILIEN, comédie en un acte. 1 50
LES BRIGANDS, opéra-bouffe en trois actes . . . . . 2 »
CARMEN, opéra-comique en quatre actes . . . . 1 »
LA CLÉ DE MÉTELLA, comédie en un acte 1 50
L'ÉTÉ DE LA SAINT-MARTIN, comédie en un acte. . 1 50
FANNY LEAR, comédie en cinq actes. . . . . 2 »
FROUFROU, comédie en cinq actes . . . . 2 »
LA GRANDE-DUCHESSE DE GÉROLSTEIN, opéra-bouffe en trois actes . . . . 2 »
L'INGÉNUE, comédie en un acte 1 50
LOULOU, vaudeville en un acte. 1 50
MADAME ATTEND MONSIEUR, comédie en un acte. . 1 50
LA MI-CARÊME, folie en un acte 1 50
LE PASSAGE DE VÉNUS, leçon d'astronomie en un acte. 1 50
LA PÉRICHOLE, opéra-bouffe en trois actes. . . . . 2 »
LA PETITE MARQUISE, comédie en trois actes . . . 2 »
LE PHOTOGRAPHE, comédie en un acte. . . . . . . 1 »
LE RÉVEILLON, comédie en trois actes . . . . 2 »
LE ROI CANDAULE, comédie en un acte 1 50
LES SONNETTES, comédie en un acte. 1 50
TOTO CHEZ TATA, comédie en un acte. 1 50
LE TRAIN DE MINUIT, comédie en deux actes. . . . 1 50
TRICOCHE ET CACOLET, vaudeville en cinq actes. . . 2 »
LA VEUVE, comédie en trois actes. . . . . 2 »
LA VIE PARISIENNE, opéra-bouffe en cinq actes . . . 2 »

EMILE COLIN. — IMP. DE LAGNY.

BARBE-BLEUE

OPÉRA-BOUFFE EN TROIS ACTES

ET QUATRE TABLEAUX

PAR

HENRI MEILHAC ET LUDOVIC HALÉVY

MUSIQUE DE

JACQUES OFFENBACH

NOUVELLE ÉDITION

C · L

PARIS
CALMANN LÉVY, ÉDITEUR
ANCIENNE MAISON MICHEL LÉVY FRÈRES
3, RUE AUBER, 3

1888

PERSONNAGES

LE SIRE DE BARBE-BLEUE.	MM. DUPUIS.
LE ROI BOBÈCHE.	KOPP.
LE COMTE OSCAR, grand courtisan du roi	GRENIER.
POPOLANI, alchimiste au service de Barbe-Bleue.	COUDER.
LE PRINCE SAPHIR.	HITTEMANS.
ALVAREZ	HAMBURGER.
UN GREFFIER	HORTON.
BOULOTTE, paysanne	Mlles SCHNEIDER.
LA REINE CLÉMENTINE, femme de Bobèche.	ALINE DUVAL.
LA PRINCESSE HERMIA, fille du roi, paysanne au 1er acte, sous le nom de Fleurette	VERNET.
HÉLOISE, femme de Barbe-Bleue.	DE GÉRAUDON.
ROSALINDE, id.	AMÉLIE.
ISAURE, id	GABRIELLE.
BLANCHE, id.	LEGRAND.
ÉLÉONORE, id.	MARTIN.
DEUX PAYSANNES.	LÉONIE. BÉATRIX.
DEUX PAGES.	TAILLEFER. JENNY.
UN ENFANT . . . . La petite	MATHILDE.

PAYSANS ET PAYSANNES, HOMMES D'ARMES DE BARBE-BLEUE, SEIGNEURS ET DAMES DE LA COUR, PAGES ET GARDES DU ROI BOBÈCHE.

Toutes les indications sont prises de la gauche et de la droite du spectateur. — Les personnages sont inscrits en tête des scènes dans l'ordre qu'ils occupent au théâtre. — Les changements de position sont indiqués par des renvois au bas des pages.

BARBE-BLEUE

ACTE PREMIER

Une place dans un village. — A droite, au premier plan, la cabane de Saphir avec une fenêtre praticable au-dessus de la porte. — A côté de cette porte, un petit banc. — En face, à gauche, la cabane de Fleurette. — A côté de la porte une fenêtre sur le rebord de laquelle est une grande corbeille oblongue contenant des fleurs. — A cette cabane s'appuie une jolie tonnelle. — Au fond, une montagne praticable commençant au milieu de droite à gauche et continuant de gauche à droite. — Au haut de la montagne, à l'horizon, on aperçoit perché sur un rocher, le manoir de Barbe-Bleue.

SCÈNE PREMIÈRE

SAPHIR, puis FLEURETTE.

Le jour commence. — Au lever du rideau, Saphir, vêtu en berger élégant, justaucorps de satin, sort de sa cabane, va regarder de tous les côtés et revient au milieu de la scène.

SAPHIR, seul.

RÉCITATIF.

Dans la nature tout s'éveille,
Et le soleil sort de son lit :
On entend bourdonner l'abeille,
Le coq chante et le bœuf mugit.

C'est le jour qui commence... La bergère que j'aime n'a pas encore paru... (Montrant la cabane de Fleurette.) Elle est là.... c'est dans cette cabane qu'elle respire... Fleurette!... chère Fleurette!... avertissons-la de ma présence par quelques modulations. (Il s'approche de la porte de Fleurette et se prépare à jouer d'une flûte qu'il tenait à la main en entrant, — pose à la Watteau. — Il prélude. — Sa petite flûte rend le son d'un trombone. — Le berger s'arrête stupéfait, puis il en prend son parti en disant :) Elle ne m'en entendra que mieux... (Et il continue... Entre Fleurette attirée par la mélodie, — poses gracieuses, — sorte de pas de deux, — le berger s'éloignant, la bergère le poursuivant gentiment; puis le berger s'arrête, la bergère le rejoint, et tous deux s'avancent sur le devant de la scène.)

DUO*.

ENSEMBLE.

Or, depuis la rose nouvelle,
C'est comme ça tous les matins :
Avec ma flûte je l'appelle,
Avec cette flûte il m'appelle,
Et nous errons dans ces jardins.

FLEURETTE.

Tous les deux,
Amoureux,
Nous tenant un doux langage,
Nous allons,
Nous venons,
Nous parcourons ce bocage!
En avril,
Me dit-il,
Tout aime dans la nature!
Le printemps
Donne aux champs
Leur verdoyante parure!
Aimons-nous!
C'est si doux!

* Saphir, Fleurette.

Aimons-nous bien, je t'en prie!
Ici-bas,
Il n'est pas
D'autre bonheur dans la vie!

Un bosquet
Trop discret
L'enhardit;
Il saisit
Une main...
C'est en vain
Que je dis:
Non, finis!

ENSEMBLE.

Tous les deux,
Amoureux,
Nous tenant un doux langage.
Nous allons,
Nous venons,
Nous parcourons ce bocage!
Aimons-nous!
C'est si doux!
Aimons-nous bien, je t'en prie!
Ici-bas,
Il n'est pas,
D'autre bonheur dans la vie!

FLEURETTE.

Pauvre cher!
Il a l'air
Tout penaud,
Tout nigaud;
Mais souvent,
Le brigand,
Il sourit
Et me dit
Sans motifs
Des mots vifs,
Dans le fond
Qui me font

M'arrêter,
Palpiter
Et rougir
De plaisir
Quant à moi,
Sans effroi,
Je l'entends,
Et puis tout bas je reprends :
Oui, c'est bien doux le printemps!
Le printemps!
Il rougit,
Il pâlit,
Et je sens,
De nos cœurs les battements!
C'est la faute du printemps!
Dans un transport suprême,
Il s'écrie : Ah! je t'aime!
Il m'aime!
Il m'aime!

ENSEMBLE.

Tous les deux,
Amoureux,
Nous tenant un doux langage,
Nous allons,
Nous venons,
Nous parcourons ce bocage!
Aimons-nous!
C'est si doux!
Aimons-nous bien, je t'en prie!
Ici-bas,
Il n'est pas
D'autre bonheur dans la vie!

FLEURETTE.

Qu'il est heureux,

SAPHIR.

Qu'elle est heureuse,

FLEURETTE.

Mon amoureux!

SAPHIR.

Mon amoureuse !

FLEURETTE.

Tous les matins,

SAPHIR.

Dans ces jardins,

FLEURETTE.

Nous nous trouvons,

SAPHIR.

Et répétons :

ENSEMBLE.

Je t'aime !... nous nous aimons !

FLEURETTE.

Tout ça, c'est très-joli... nous errons dans les jardins, nous chantons... mais il ne serait pas mal de causer un peu.

SAPHIR.

Causons.

FLEURETTE.

Tu m'avoueras qu'il y a nombre de bergers qui m'ont couru après.

SAPHIR.

Je ne peux pas le nier, et vous êtes assez jolie pour...

FLEURETTE.

Fille d'un vieux soldat, qui m'a laissé pour tout héritage son honneur et son commerce de fleurs, j'ai soigneusement cultivé l'un et l'autre.

SAPHIR.

J'en conviens.

FLEURETTE.

Quelques-uns, les malins, ont essayé de me séduire par des

présents... Tu sais comme je les ai reçus... Je me suis dit : L'homme que je choisirai sera naïf et abordera tout de suite la grande question.

SAPHIR, embarrassé, à part.

Aïe!...

FLEURETTE.

Je t'ai choisi, toi... tu es naïf... et cependant tu ne te dépêches pas de l'aborder, la grande question.

SAPHIR.

Je ne comprends pas bien.

FLEURETTE.

Ce n'est pourtant pas difficile à comprendre... Tu ne me parles pas mariage.

SAPHIR.

Mariage!...

FLEURETTE.

Qu'as-tu donc supposé?

SAPHIR.

Certainement... moi, je ne demanderais pas mieux... mais ma famille...

FLEURETTE.

Ta famille?... La famille d'un berger?...

SAPHIR.

Ah!...

FLEURETTE.

Que veux-tu dire?... explique-toi.

BOULOTTE, en dehors.

Holà, Noiraut!... attention à la grise!... mords-la, mon chien, mords-la!

SAPHIR.

Plus tard!... plus tard!... Vous n'entendez pas?...

FLEURETTE.

Si fait... c'est Boulotte.

SAPHIR.

Elle me fait peur, cette Boulotte!

FLEURETTE.

Et à moi donc!...

SAPHIR.

Elle me fait peur, parce qu'elle m'adore... et que, comme je ne l'adore pas, moi, elle veut toujours me battre... (Voulant aller à la cabane de Fleurette.) Rentrons.

FLEURETTE, le repoussant.

Rentrez chez vous... mais nous reprendrons cette conversation.

SAPHIR *.

Sans doute.

BOULOTTE, en dehors.

A tout à l'heure, Noiraut! veille aux bêtes... Moi, j'ai affaire par là.

TOUS LES DEUX.

Boulotte!... c'est Boulotte!...

Ils rentrent précipitamment chez eux. — Boulotte paraît au fond, venant de la gauche.

SCÈNE II

BOULOTTE, seule.

COUPLETS.

I

Y a p't-êtr' des bergèr's dans l' village,
Qui gardent mieux qu' moi leur troupeau,

* Fleurette, Saphir.

Y en a p't-êtr', qui dans leur laitage
Mett'nt moins d'amidon et moins d'eau,
Mais, saperlotte!
Y en a pas un' pour égaler
La p'tit' Boulotte,
Quand il s'agit d' batifoler!

II

Or, on sait qu' tout' batifoleuse,
A besoin d'un batifoleur.
Il est là, l' mien... j' suis amoureuse.
Est-il bêt' de m' tenir rigueur!
Car, saperlotte!
Y en a pas un' pour égaler
La p'tit' Boulotte,
Quand il s'agit d' batifoler!

Tous les matins, c'est comm' ça .. j' viens chanter quéqu' chose sous la fenêtre du gueux, pour qui que j' meurs d'amour!... Il fait semblant de ne pas m'entendre... attends!... attends!...

Elle ramasse une pierre et la jette dans la fenêtre de Saphir.—On entend un bruit de vitre brisée. — Saphir paraît furieux à sa fenêtre.

SCÈNE III

BOULOTTE, SAPHIR

SAPHIR, *voyant Boulotte.*

C'est encore vous?...

BOULOTTE.

Oui.

SAPHIR.

Et vous ne voulez pas me laisser tranquille.

BOULOTTE.

Non!

SAPHIR.

Attendez alors, je vais descendre

BOULOTTE.

Je ne demande pas autre chose. (La fenêtre se referme.) Vous allez le voir, et quand vous l'aurez vu vous me direz s'il est possible de ne pas être amoureuse de ce garçon-là.

Saphir sort de sa cabane.

SAPHIR.

Eh bien! qu'est-ce que vous me voulez encore?...

BOULOTTE.

Vous dire que je vous aime...

SAPHIR.

Vous me l'avez déjà dit, pas plus tard qu'hier à quatre heures et demie... je vous ai répondu que vous perdiez votre temps...

BOULOTTE.

Je le sais, mais ça ne m'empêche pas de t'aimer... Je t'aime pour un tas de raisons... D'abord, il y a un mystère dans ta vie. Un beau jour, t'as acheté cette cabane. D'où viens-tu?... qui es-tu?... Personne ne le sait... Les autres, je les connais; toi, je ne te connais pas, je voudrais te connaître... Et puis, tu n'es pas un berger comme les autres... Qu'est-ce qui t'a bâti un justaucorps de satin comme ça?... ce n'est pas le tailleur du village. Tes cheveux sentent bon et t'as les mains blanches. C'est pour tout ça que je t'aime.

SAPHIR.

Il n'y a rien de blessant dans ce que vous me dites... mais je ne vous aime pas!

BOULOTTE.

Pourquoi ça?...

SAPHIR.

Je n'ai pas à m'expliquer.

BOULOTTE.

Ah! je le sais, moi... c'est parce que tu aimes cette mijaurée qui demeure là...

SAPHIR.

Fleurette?

BOULOTTE.

Oui, Fleurette... la bergère bien attiffée ; mais sois tranquille, va, la première fois que je la rencontrerai, je lui administrerai une de ces danses!...

SAPHIR.

Vous ne ferez pas ça.

BOULOTTE.

Tu verras bien si je ne le fais pas. Mais ne nous occupons pas d'elle, occupons-nous de nous.

SAPHIR.

Que voulez-vous dire?...

BOULOTTE.

Embrasse-moi.

SAPHIR.

Oh!

BOULOTTE.

Embrasse-moi tout de suite...

SAPHIR.

Puisque je vous dis...

BOULOTTE, menaçante.

Ne fais pas de manières!... Tu ne veux pas m'embrasser... (Retroussant ses manches.) Tu ne veux pas?... Alors tu ne veux pas?...

Frayeur de Saphir. Boulotte marche vers lui avec une résolution froide. Saphir passe à gauche.

SAPHIR *.

Ah! mais... si vous approchez... je me défends...

BOULOTTE.

Ça m'est égal... C'est dit?... tu ne veux pas?...

SAPHIR.

Non!

BOULOTTE.

Une fois?... deux fois?...

SAPHIR.

Non!...

Elle saute sur lui, il se sauve, Boulotte le poursuit. Ils sortent par le fond, à droite. Musique à l'orchestre.

SCÈNE IV

POPOLANI, puis LE COMTE.

POPOLANI, entrant par la droite, tout rêveur.

Je viens ici pour trouver une rosière... c'est parfait, s'il y en a une... mais s'il n'y en a pas...

A ce moment, le comte, qui vient d'entrer par le fond à gauche, lui frappe sur l'épaule.

LE COMTE **.

Popolani?...

POPOLANI, se retournant,

Son Excellence!...

Il s'incline profondément.

LE COMTE.

Relève-toi, je te le permets.

* Saphir, Boulotte.
** Le comte, Popolani.

POPOLANI.

Le comte Oscar ici!... ici le grand courtisan de Sa Majesté le roi Bobèche!

LE COMTE.

Oui... mais silence!

POPOLANI.

Je me tais!

LE COMTE.

Ça fait plaisir de se retrouver... deux vieux camarades...

POPOLANI.

Dont l'un est arrivé plus haut que l'autre.

LE COMTE.

Ça c'est vrai. Tu es resté l'alchimiste de Barbe-Bleue, moi, je suis grand courtisan du roi...

POPOLANI.

Comment avez-vous obtenu cette haute position?

LE COMTE.

Par les femmes...

POPOLANI.

C'est un moyen.

LE COMTE.

Et toi, es-tu content?...

POPOLANI.

Je n'ai pas à me plaindre... mais mon nom ne laissera pas de trace dans l'histoire, tandis que vous...

LE COMTE.

Ne m'envie pas... si tu savais?...

POPOLANI.

On dit toujours ça.

LE COMTE.

Parlons d'autre chose... Il faut avouer que ton maître est un drôle de corps.

POPOLANI, se troublant.

Comment...

LE COMTE.

Qu'est-ce qu'il peut faire de toutes ses femmes... Cinq en trois ans, car il est veuf, je crois?...

POPOLANI.

Depuis jeudi.

LE COMTE.

C'est bien drôle!...

POPOLANI.

Dites que c'est triste...

LE COMTE.

Oui, triste... et ça peut inspirer des soupçons...

POPOLANI.

Mais, vous vous trompez... je vous assure...

LE COMTE.

Je sais qu'il ne faut pas examiner de trop près la conduite des hauts barons... Ah! s'il s'agissait d'un simple charbonnier, il y a longtemps que... enfin, parlons d'autre chose... Qu'est-ce que tu viens faire ici?

POPOLANI.

Chercher une rosière... une fantaisie de mon maître... il a envie d'en couronner une.

LE COMTE.

Plût au ciel qu'il n'eût jamais songé à employer son temps d'une autre manière...

POPOLANI.

J'ai lancé une petite proclamation. Toutes les jeunes filles du village sont averties. Elles viendront ici dans un quart d'heure...

LE COMTE, en riant.

Les jeunes filles du village... et tu es sûr de trouver parmi elles?...

POPOLANI.

Dame, vous savez... sûr...

LE COMTE.

Bah!... on est toujours sûr... Moi, quand, par hasard, mon maître, le roi Bobèche, a envie de couronner une rosière, j'ai un moyen pour en trouver une.

POPOLANI.

Quel moyen?...

LE COMTE.

Je rassemble un certain nombre de jeunes filles et je les fais tirer au sort.

POPOLANI.

C'est une idée...

LE COMTE.

Excellente!... car elle répond à tout. S'il n'y a pas de rosière, on en trouve une tout de même... s'il y en a plusieurs, on en choisit une sans faire de jalouses.

POPOLANI.

C'est vrai; j'appliquerai votre idée.

LE COMTE.

Tu feras bien. Parlons d'autre chose.

Il passe à droite.

POPOLANI*.

De quoi parlerons-nous?...

LE COMTE.

Parlons de ce que je viens faire ici, moi; j'y viens chercher une jeune princesse.

* Popolani, le comte.

POPOLANI.

Quelle princesse?...

LE COMTE.

La fille du roi, mon maître.

POPOLANI.

Je ne comprends pas.

LE COMTE.

Tu vas comprendre... Il y a dix-huit ans, le roi eut une fille... Trois ans après, il eut un fils. A peine eut-il eu ce fils que l'idée de laisser la couronne à une femme lui devint insupportable. « Je veux que mon fils règne, disait-il, et non ma fille. » — Je lui proposai d'établir ici la loi salique. « Non, me dit-il, ne touchons pas aux coutumes de nos pères... mieux vaut nous débarrasser de ma fille. » Ce qui fut dit fut fait. On déposa la jeune fille dans une corbeille; on confia la corbeille au fil du fleuve...et puis...

POPOLANI.

Et puis... va te promener!

LE COMTE.

Tu me comprends très-bien. Malheureusement, le jeune prince tourna mal. A peine l'eût-on fait sortir des mains des femmes pour faire de lui un homme, qu'il se hâta de s'y refourrer immédiatement, ce qui ne tarda pas à faire de lui un idiot... Impossible de songer à lui confier les destinées de cent vingt millions d'hommes!... Autrefois je ne dis pas, mais aujourd'hui, avec les idées nouvelles...

POPOLANI.

L'esprit d'examen...

LE COMTE.

Ah! ne m'en p rle pas... « Que faire?... » s'écria le roi... En ce moment, Clémentine...

POPOLANI.

Clémentine, seigneur...

LE COMTE.

J'aurais dû dire... La reine... La reine donc, la reine Clémentine se rappela qu'elle avait eu une fille... « C'est vrai, lui dit le roi, je n'y pensais plus... » Et se tournant vers moi : « Comte Oscar, je vous donne vingt-quatre heures pour retrouver la princesse. » Là-dessus, je suis parti...

POPOLANI.

Et vous la trouverez, la princesse?...

LE COMTE.

Je l'espère.

POPOLANI.

Mais si vous ne la trouvez pas?

LE COMTE.

Je prendrai la première paysanne venue et je la déposerai sur les marches du trône... mais, encore une fois, j'espère trouver la vraie... J'ai réuni le conseil supérieur des ponts et chaussées, et je lui ai posé cette question : « Un berceau confié à un fleuve, va-t-il tout droit à la mer?... » — « Oui, me répondirent les ponts et-chaussées, à moins que sur ce fleuve il n'existe un barrage... » « — En existe-t-il un sur notre fleuve à nous?... —Oui... en face du château du sire de Barbe-Bleue. » Voilà pourquoi je suis ici... c'est ici que la corbeille a dû s'arrêter... c'est ici que la princesse a dû être recueillie...

POPOLANI.

Très-bien raisonné!

LE COMTE.

C'est en raisonnant comme ça que je suis arrivé à gouverner es hommes... en raisonnant comme ça, et en profitant de toutes les circonstances heureuses qui se présentaient; or, il s'en présente une des plus heureuses . cette réunion de jeunes filles pour choisir la rosière.

POPOLANI.

C'est vrai !

Rentre par la gauche Saphir essoufflé et poursuivi par Boulotte. Il arrive à sa cabane et s'enferme. Boulotte arrive à son tour et trouve la porte fermée.

BOULOTTE.

Manqué!

SCÈNE V

LES MÊMES, BOULOTTE.

POPOLANI*.

Tiens! c'est Boulotte!

BOULOTTE.

Tiens! c'est m'sieur l'alchimiste !

POPOLANI.

Qu'est-ce que tu faisais-là ?...

BOULOTTE.

Un peu d'exercice... avant d' déjeuner.

LE COMTE, lui prenant la taille.

Belle fille !... Très-belle fille!

Elle passe au milieu.

POPOLANI de même**.

Je crois bien !...

BOULOTTE, passant à gauche.

Hé! là! hé! là!... vous m' chatouillez!...

POPOLANI, bas, au comte***.

Faites-en la princesse royale.

* Popolani, le comte, Boulotte.
** Popolani, Boulotte, le comte.
*** Boulotte, Popolani, le comte.

LE COMTE, bas.

Eh! eh! il ne faudrait pas m'en défier... Fais-en la rosière.

POPOLANI, bas.

Oh! non!... par exemple!... on jase trop sur son compte.

LE COMTE.

Ça ne m'étonne pas... belle fille!

POPOLANI.

Superbe fille!

Ils lui reprennent la taille.

BOULOTTE, passant à droite.

Hé! là! vous me faites rire!...

LE COMTE*.

Écoutez-moi, adorable fille... si, par hasard, quelque jour, en chassant, je m'égarais, du côté de votre cabane... ce n'est qu'une supposition... vous auriez bien, chez vous, quelque chose à offrir au chasseur affamé?

BOULOTTE, faisant la révérence.

Pour déjeuner?... mais je vous offrirai tout ce que vous voudrez, mon bon seigneur.

POPOLANI.

Je la reconnais bien là... (Ritournelle.) Voici les jeunes filles, et avec elles tout le village.

Les paysans et paysannes entrent de droite et de gauche. — Parmi eux est le greffier, muni de papiers, plume et encre. —Boulotte va s'asseoir sur le banc devant la cabane de Saphir. —Pendant le chœur suivant, le comte Oscar examine toutes les jeunes filles.

* Popolani, le comte, Boulotte.

SCÈNE VI

LE GREFFIER, POPOLANI, LE COMTE, BOULOTTE,
PAYSANS ET PAYSANNES.

CHŒUR.

Sur la place, il faut nous rendre,
C'est l'ordre de l'intendant,
Il vient pour nous faire entendre
Quelque chos' d'intéressant.

POPOLANI.

Vous toutes et vous tous qui vous trouvez ici,
Je vous salue et je vous dis ceci :

RONDEAU.

J'apporte les volontés
Du sire de Barbe-Bleue,
Célèbre à plus d'une lieue,
Par sa soif des voluptés!

Il veut... Il a dit : « Je veux
« Qu'on couronne une rosière!... »
La trouver, c'est une affaire...
Être et paraître étant deux !
Nous allons donc, aujourd'hui,
Risquer une espièglerie;
Nous mettrons en loterie,
La rose et ce qui s'ensuit.
Donc, donnez à mon greffier,
Afin qu'il les puisse inscrire,
Vos noms, qu'il va vite écrire,
Sur un carré de papier.

Telles sont les volontés,
Du sire de Barbe-Bleue,
Célèbre à plus d'une lieue,
Par sa soif des voluptés.

CHŒUR.

Telles sont les volontés... etc.

Pendant cette reprise, on apporte une table et un escabeau que l'on place près de la tonnelle. — Le greffier s'assied, dispose ses papiers et se prépare à écrire.

POPOLANI.

Allons, poulettes et tendrons,
Le greffier va prendre vos noms
Et vos prénoms.

CHŒUR DE FEMMES, entourant le greffier.

Ah! prends mon nom,
Et mon prénom,
Joli greffier,
Gentil greffier,
Tremp' ta plum' dans ton encrier!

Le greffier prend les noms des jeunes filles qu'il inscrit sur des petits papiers.

BOULOTTE * se levant et venant toute rêveuse au milieu. — A part.

Faut-y aller? ou faut-y pas y aller?...
V'là c' que j' me d'mande en mon particulier.
Ah! bah! qui n' risque rien n'a rien!

Haut et résolument au greffier.

Eh! l'homme aux noms, prenez le mien!

Sensation.

CHŒUR D'HOMMES.

Eh! quoi, Boulotte, y penses-tu?
Il s'agit d'un prix de vertu!

CHŒUR GÉNÉRAL.

Eh! quoi, Boulotte, y penses-tu?...
Il s'agit d'un prix de vertu!

Pendant le chœur, les femmes entourent Boulotte et l'empêchent d'approcher du greffier. Boulotte irritée les repousse et se dégage.

* Le greffier, Popolani, Boulotte, le comte.

BOULOTTE.

COUPLETS.

I

V'la z'encor de drôl's de jeunesses,
Qui s' coalis'nt pour m'empêcher
D'approcher!
Rentrez vos griffes, mes princesses,
Car si l'on m' pousse à bout, oui-dà,
L'on verra!
Vous avez vos droits, j'ons les nôtres :
C' t' honneur que vous d'sirez si fort,
Pourquoi qu' j' l'aurions pas comm' les autres,
Puisque ça doit s' tirer au sort?

II

C'est vrai qu'en fac d'un' galant'rie
Je n' prends pas des airs courroucés
Et pincés;
Chez moi, pas ombr' de bégueul'rie,,
Rien que d' la bonne et grosse vertu,
C'est connu!
Ainsi, mes titr's val'nt bien les vôtres...
C't' honneur que vous d'sirez si fort,
Pourquoi qu' j' l'aurions pas comm' les autres,
Puisque ça doit s'tirer au sort?

Elle va donner son nom au greffier et revient au milieu.

POPOLANI, au greffier.

Vous avez écrit tous les noms?...

LE GREFFIER.

Oui, monsieur.

POPOLANI.

Il nous faudrait une corbeille...

UNE PAYSANNE.

Un voici une.

Elle va prendre une corbeille sur le rebord de la fenêtre de Fleurette, et la donne à Popolani.

POPOLANI.

Qui la tiendra ?...

LE COMTE.

Moi ! si vous le voulez...

POPOLANI, allant à lui et lui donnant la corbeille *.

Vous daigneriez, seigneur... (Bas au comte.) Eh bien ! vous ne reconnaissez pas ?...

LE COMTE, bas.

Pas jusqu'à présent... mais je brûle... il y a quelque chose qui me dit que je brûle...

POPOLANI, bas.

Allons, tant mieux ! (Le comte passe près du greffier, qui met tous les noms dans la corbeille. Haut **.) Le tirage annoncé va avoir lieu, mesdemoiselles. Le premier nom sortant gagnera la rose, le premier nom, vous entendez... les ordres de mon maître sont qu'immédiatement après le tirage, la rosière soit conduite chez elle en grande pompe, et revêtue d'habits somptueux. Ensuite, elle sera amenée en présence de haut et puissant seigneur de Barbe Bleue, qui la couronnera de ses propres mains... Attention, mesdemoiselles, ça va commencer... Pour décerner le prix de l'innocence, il nous faudrait une main innocente.

BOULOTTE, s'avançant.

Voilà !

TOUTES.

Voilà !... voilà !... voilà !...

* Le greffier, Boulotte, Popolani, le comte.
** Le greffier, le comte, Boulotte, Popolani.

POPOLANI.

Je veux dire la main d'un enfant... (En voyant un à droite.) En voici un justement. Approche, mon enfant... approche! n'aie pas peur!...

L'ENFANT.

J'ose pas, moi.

UNE FEMME, poussant l'enfant.

Va, mon enfant, va (Avec émotion.) Et tâche de faire gagner ta mère...

POPOLANI, conduisant l'enfant près du comte.

N'aie pas peur, mon petit ami... et prends un de ces petits papiers dans cette corbeille.

Il retourne à droite.

L'ENFANT.

Voilà, m'sieur, voilà!

Il prend un papier, le donne à Popolani et retourne près de sa mère.

POPOLANI, prenant le papier et criant.

Boulotte!

On enlève la table et l'escabeau.

CHŒUR.

Saperlotte!
C'est Boulotte!
O ciel! quelle surprise!
Hasard bien fait pour étonner!
Le sort la favorise,
Et nous devons nous incliner.

Pendant ce chœur, le comte Oscar a examiné la corbeille qu'il tient à la main il donne les marques d'une violente émotion.

LE COMTE.

O prodige! ô merveille!
Je reconnais cette corbeille!
A qui, à qui
Cette corbeille?

LE CHŒUR.

Cette corbeille!

LE COMTE.

A qui?

LE CHŒUR.

A qui?

LE COMTE.

Oui, oui, oui... oui!

BOULOTTE.

C'est la corbeille de Fleurette,

LE CHŒUR.

C'est la corbeille de Fleurette,
Dont voici la maison coquette!

LE COMTE.

Cela suffit! Éloignez-vous;
Laissez-moi tous, oui, tous, tous, tous!

LE CHŒUR.

Quoi! tous, tous, tous!

LE COMTE.

Oui, tous, tous, tous!

LE CHŒUR.

Obéissons, éloignons-nous,
Tous, tous, tous, tous!

Pendant la dernière partie de ce morceau, Popolani a cueilli des roses blanches et s'est plu à en parer Boulotte. — A la fin du chœur, il lui donne la main et sort avec elle par la gauche. — Toutes les paysannes les suivent. — Les paysans disparaissent par la droite. — Le comte Oscar reste seul.

SCÈNE VII

LE COMTE, puis FLEURETTE.

LE COMTE, seul, tenant toujours la corbeille.

Étrange! étrange!... Ils ont dit Fleurette...

Il va remettre la corbeille sur le rebord de la fenêtre et frappe à la porte de Fleurette.

FLEURETTE, sortant de sa cabane *.

Que me voulez-vous ?...

LE COMTE.

Deux mots, la belle enfant.

FLEURETTE.

Sont-ce des fleurs que vous voulez ?...

LE COMTE.

Pour le prix que je viens t'offrir, jamais tu ne pourrais trouver assez de fleurs dans ton magasin...

FLEURETTE.

Si vous avez à dire des choses qui soient contre l'honneur vous feriez mieux de passer votre chemin.

LE COMTE.

Vous ne me comprenez pas.

FLEURETTE.

Expliquez-vous, alors.

LE COMTE.

Vous êtes la fille ?...

FLEURETTE.

Du bon Lyciscas, un digne vieillard...

* Fleurette, le comte.

LE COMTE.

N'avez-vous jamais entendu dire que ce digne vieillard n'était pas votre père?...

FLEURETTE.

Si fait, quelquefois!

LE COMTE.

Et ça ne vous a pas fait venir des doutes?...

FLEURETTE.

Je n'ai vu là-dedans qu'une de ces plaisanteries qu'affectionnent les gens qui aiment à rire...

LE COMTE.

Vous auriez dû y voir autre chose... Souvenez-vous... souvenez-vous...

FLEURETTE.

Que voulez-vous dire?... vous me troublez...

LE COMTE.

Remontez par la pensée jusqu'aux premières années de votre enfance... un palais... un grand palais... des gardes avec de l'or sur leurs cuirasses, des femmes aux parures étincelantes... de jeunes seigneurs... et, au milieu, avec une couronne sur la tête, un mari qui se dispute avec sa femme... Luxe et splendeur, misère et vanité, une cour... une cour enfin!... Souvenez-vous.. souvenez-vous...

FLEURETTE, frappée.

Oui, oui, je me souviens...

LE COMTE.

Et plus tard, sans transition aucune, une grande sensation de fraicheur... de l'eau, de l'eau partout... le fleuve tout autour; à droite et à gauche, les rives du fleuve. Au-dessus du fleuve, le le ciel. Au-dessous du ciel, sur le fleuve, une corbeille, qui va, qui vient, qui flotte... dans cette corbeille une enfant... Souvenez-vous... souvenez-vous...

FLEURETTE.

Oui, oui, je me souviens...

LE COMTE.

Pas un mot de plus, vous êtes la princesse Hermia. Vous êtes la fille du roi, mon maître.

FLEURETTE, stupéfaite.

La fille ?...

LE COMTE, s'agenouillant.

Du roi Bobèche ?

FLEURETTE.

La fille du roi Bobèche !... (Elle le fait se relever.) Mais, si peu que je me sois occupée de politique, je sais qu'il a un fils, le roi Bobèche.

LE COMTE.

Le jeune prince, votre frère.

FLEURETTE.

Moins âgé que moi.

LE COMTE.

Moins âgé que Votre Altesse.

FLEURETTE.

Alors, c'est Mon Altesse qui doit hériter ?

LE COMTE.

Comme vous dites...

FLEURETTE.

Et vous allez me conduire ?...

LE COMTE.

A la cour de monsieur votre père.

FLEURETTE.

Quand partons-nous ?

LE COMTE.

Tout de suite. Je n'ai qu'à appeler mes hommes... Ils sont à vingt pas d'ici avec un palanquin ; mais, en partant, ne désirez-vous rien emporter avec vous?...

FLEURETTE.

Si fait! vous faites bien de m'y faire penser, je veux emporter quelque chose avec moi. (Elle va à la cabane de Saphir.) Saphir? Saphir?... venez, Saphir, ne craignez rien, c'est moi qui vou appelle...

Entre Saphir.

SCÈNE VIII

LES MÊMES, SAPHIR.

SAPHIR *.

Me voici, chère Fleurette...

LE COMTE, lorgnant Saphir.

Qu'est-ce que c'est que ça ?

FLEURETTE.

Ça?... mais c'est ce que je veux emporter.

LE COMTE.

Un berger?

FLEURETTE.

Un berger!...

LE COMTE.

Y songez-vous, princesse?

SAPHIR, étonné.

Princesse!...

* Le comte, Fleurette, Saphir.

FLEURETTE.

Oui, princesse!... Tout à l'heure, j'étais bergère, maintenant je suis la fille du roi Bobèche.

SAPHIR.

Bobèche!

FLEURETTE.

Cela te fait peur, n'est-ce pas?... Tu te dis que nous allons être séparés, et que deviendront alors les serments que nous avons échangés?... N'aie pas peur, je t'emmène avec moi à la cour!

LE COMTE.

Par exemple!

FLEURETTE, avec autorité.

Je l'emmène... Appelez vos hommes et partons.

LE COMTE.

Encore une fois... princesse...

FLEURETTE.

Appelez vos hommes...

LE COMTE.

Emporter un berger! Si c'était un mouton, passe encore... un petit mouton avec des faveurs roses, qui va, qui vient, qui trotte...

FLEURETTE.

Vous m'avez dit que j'étais la fille du roi...

LE COMTE.

Sans doute.

FLEURETTE.

Alors, il me semble que lorsque je parle, vous n'avez qu'à obéir.

LE COMTE, s'inclinant.

Princesse!...

Il remonte et va faire un signe à gauche; entrent alors quatre pages, suivis de quatre hommes portant un palanquin, qu'ils déposent au milieu du théâtre.

CHŒUR DES PORTEURS ET DES PAGES.

Montez sur ce palanquin,
Que surmonte un baldaquin.
Cré coquin! cré coquin.
Il va fair' chaud l' long du ch'min!

FLEURETTE, à Saphir.

Viens, et suis ce palanquin,
Que surmonte un baldaquin.
Doux coquin! gai coquin.
L'amour sera du chemin!

Elle s'installe dans le palanquin, les porteurs l'enlèvent; en ce moment Barbe-Bleue, suivi de ses hommes d'armes, paraît sur la montagne. Les rideaux du palanquin sont ouverts, Barbe-Bleue aperçoit la princesse Hermia; il est saisi d'une violente admiration.

REPRISE DU CHŒUR.

Montez sur ce palanquin, etc, etc.

Les porteurs se mettent en marche, ils sortent par le fond à gauche, précédés du comte Oscar et suivis par Saphir.

SCÈNE IX

BARBE-BLEUE, HOMMES D'ARMES.

Quand le cortége a disparu, Barbe-Bleue descend suivi de ses hommes d'armes.

BARBE-BLEUE.

Encor une, soldats, belle parmi les belles!
Pourquoi donc le destin les met-il sur mes pas
Ces femmes qu'aussitôt des morts accidentelles
Arrachent de mes bras!

COUPLETS.

I

Ma première femme est morte,
Et que le diable m'emporte,
Si j'ai jamais su comment !
La deuxième et la troisième,
Ainsi que la quatrième,
Je les pleure également.
La cinquième m'était chère,
Mais la semaine dernière,
A mon grand étonnement,
Sans aucun motif plausible,
Les trois Parques, c'est horrible !
L'ont cueillie en un moment!
Je suis Barbe-Bleue, ô gué !
Jamais veuf ne fut plus gai!

LES SOLDATS.

Il est Barbe-Bleue, ô gué!
Jamais veuf ne fut plus gai!

BARBE-BLEUE.

II

Maintenant que j'ai dit comme,
L'on m'appelle et l'on me nomme,
Chacun comprend à l'instant,
Que mon unique pensée,
Est de la voir remplacée,
Celle que j'adorais tant !
Entre nous, c'est chose faite;
La sixième est toute prête,
Mais je sais ce qui l'attend.
Je le sais et je crois même
Que déjà de la septième,
Je m'occupe vaguement.
Je suis Barbe-Bleue, ô gué! etc., etc.

LE CHŒUR.

Il est Barbe-Bleue, etc.

Entre Popolani par la gauche, les hommes d'armes se retirent au fond.

SCÈNE X

LES MÊMES, POPOLANI.

BARBE-BLEUE *.

Te voilà, Popolani, mon fidèle alchimiste...

POPOLANI, s'inclinant.

Monseigneur...

BARBE-BLEUE.

Sais-tu quelle est cette jeune fille, que je viens de voir partir en palanquin... et que le comte Oscar accompagnait lui-même, si je ne me suis trompé ?

POPOLANI.

Cette jeune fille, quelle qu'elle soit, est la propre fille du roi Bobèche.

BARBE-BLEUE.

Comme ça se trouve !... je la reverrai à la cour, le jour où je présenterai ma nouvelle épouse...

POPOLANI.

Votre nouvelle épouse, monseigneur ?

BARBE-BLEUE.

Penses-tu qu'à mon âge je veuille vivre sans une petite femme ?

POPOLANI.

Horrible! horrible! très-horrible!...

BARBE-BLEUE.

Tu frémis !... Cette idée de noces nouvelles, qui me fait sourire, moi, te fait frissonner, toi.

POPOLANI.

Et ça se comprend, car c'est moi qui...

* Popolani, Barbe-Bleue.

BARBE-BLEUE.

N'achève pas! Après que mon amour les a tenues éveillées pendant quelque temps, c'est toi qui te charges de procurer à mes épouses un sommeil bienfaisant qui ne finit jamais, ô terrible alchimiste!

POPOLANI.

Est-ce que vous ne rougissez pas?...

BARBE-BLEUE.

Non, je ne rougis pas, et je t'avouerai même que je trouve qu'il y a dans mon caractère quelque chose de poétique!... je n'aime pas une femme, j'aime toutes les femmes... c'est gentil, ça! en m'attachant exclusivement à une d'elles, je croirais faire injure aux autres. Ajoute à cela des scrupules qui ne me permettent pas de croire qu'il soit permis de prendre une femme autrement qu'en légitime mariage. Tout te paraîtra clair dans ma conduite; tu m'auras tout entier.

POPOLANI.

Enfin!... Et me permettrez-vous de vous demander qui est cette nouvelle épouse?

BARBE-BLEUE.

Qui peut savoir?... Ne le sais moi-même. Tu as exécuté mes ordres?...

POPOLANI.

Oui, monseigneur, vous allez couronner votre rosière

BARBE-BLEUE.

Et comment est-elle?

POPOLANI.

Mais, c'est une femme...

BARBE-BLEUE.

J'entends, mais quel genre de femme?...

POPOLANI.

Du genre des belles femmes...

BARBE-BLEUE.

Ressemble-t-elle aux femmes que j'ai rencontrées jusqu'ici?...

POPOLANI.

Oh! quant à cela, pas du tout! Si vous vous attendez à revoir une nouvelle Isaure de Valbon...

BARBE-BLEUE.

Cette chère Isaure, je l'ai bien aimée!... Ainsi, la rosière ne lui ressemble pas?

POPOLANI.

Pas le moins du monde,

BARBE-BLEUE.

Mais parle donc!... Il faut t'arracher les paroles. Comment est-elle, enfin, cette rosière?... trace-moi son portrait.

Ritournelle.

POPOLANI, allant regarder à gauche.

C'est inutile, car la voici, on vous l'amène!

Entre la rosière avec son cortége, par le fond à gauche; le cortége fait le tour du théâtre.

SCÈNE XI

LES MÊMES, BOULOTTE, en robe blanche, couverte de fleurs d'oranger, PAYSANS ET PAYSANNES, formant cortége pendant le chœur.

Le greffier est en tête du cortége, puis vient Boulotte voilée, entre deux jeunes filles vêtues de blanc comme elle; l'une de ces jeunes filles porte une couronne de fleurs d'oranger, et l'autre un de ces petits coussins appelés macarons. Tous les paysans et paysannes ont au côté des fleurs et des rubans; arrivée au milieu du théâtre, Boulotte s'arrête, et les deux jeunes filles restent derrière elle, celle qui porte la couronne à sa gauche, et l'autre à sa droite.

FINALE.

CHŒUR *.

Honneur! honneur,
A monseigneur,
Qui lui-même a voulu.
Couronner la vertu,
Montrant ainsi que l'innocence,
Trouve toujours sa récompense!
Honneur! honneur,
A monseigneur!

BARBE-BLEUE.

L'innocence en effet, je pense,
Va recevoir sa récompense!

Deux jeunes filles enlèvent le voile de Boulotte; celle-ci très émue, salue Barbe-Bleue, qui, au milieu du silence général, s'approche de Boulotte et l'examine attentivement. — Après cet examen, Barbe-Bleue s'avance sur le devant de la scene et dit avec enthousiasme.

COUPLETS.

I

C'est un Rubens!
Ce qu'on appelle une gaillarde,
Une robuste campagnarde,
Bien établie en tous les sens!
Elle n'a point ces mignardises
Qui m'ont fatigué des marquises!
C'est un Rubens!

LE CHŒUR.

C'est un Rubens!

BARBE-BLEUE

II

C'est un Rubens!
Une grosse et forte luronne,
Qui lorsqu'un amant la chiffonne,

* Popolani, Boulotte, Barbe-Bleue.

Se défend à grands coups de poings!
Elle est robuste, elle est naïve,
Sa grâce est quelque peu massive!...
C'est un Rubens!

LE CHŒUR.

C'est un Rubens!

La jeune fille qui porte le macaron le dépose devant Boulotte.

POPOLANI, à Boulotte.

Et maintenant, approchez-vous,
Et sur ce macaron vous mettez à genoux!

Boulotte s'agenouille.

LE CHŒUR.

Pour la rosière ah! quel honneur!
Vive Boulotte et vive monseigneur!

POPOLANI.

Silence! silence!
De monseigneur admirons l'éloquence!

BARBE-BLEUE, prenant la couronne et la posant sur le front de Boulotte.

COUPLETS.

I

En recevant ce témoignage.
Que nous devons à tes vertus,
Tu nous promets de rester sage,
Ainsi que toujours tu le fus.

BOULOTTE, se levant.

Vous promettre ça?... je l' veux bien,
Attendu qu' ça n' m'engage à rien!

Elle se remet à genoux

BARBE-BLEUE.

II

Si quelque jour, bientôt peut-être,
D'un mari je te fais présent,

Ce jour-là, tu nous promets d'être
Digne de lui, comme à présent.

BOULOTTE, se levant.

Vous promettre ça ?... Je l' veux bien,
Attendu qu' ça n' m'engage à rien !

BARBE-BLEUE.

Écoutez, manants et vassaux!...
Je vais faire une chose immense!...
Grands principes, je vous devance,
J'inaugure les temps nouveaux!
Moi, noble et grand seigneur de race haute et fière,
Sire de Barbe Bleue et de maints autres lieux,
J'entends que le palais s'unisse à la chaumière!
Prince, j'épouse une bergère
A la barbe de mes aïeux!

LE CHOEUR, intrigué.

Une bergère !

BARBE-BLEUE, montrant Boulotte.

Cette bergère !

POPOLANI, crevant de rire, à part.

Ah ! quelle bergère!

LE CHOEUR.

Prince, il épouse une bergère.

BOULOTTE saisie.

C'est-y ben vrai, mon doux seigneur?

BARBE-BLEUE, simple et grand.

Ma parole d'honneur!

BOULOTTE, faisant la révérence.

Ah ! pour moi quel honneur.

POPOLANI, bas à Boulotte.

Femme de Barbe-Bleue... et vous n'aurez pas peur?

BOULOTTE, bas.

Qui... moi, peur?...
Jamais, manant ou grand seigneur,
Jamais homme ne m'a fait peur.

BARBE-BLEUE.

Ça, maintenant, que l'on s'apprête
A retourner dans mon manoir!
Je veux terminer cette fête,
Aujourd'hui même, dès ce soir!
Les cavaliers, dans ce voyage,
Iront à cheval comme il sied;
Les gens de pied, selon l'usage
Les gens de pied iront à pied.

LE CHŒUR.

Les gens de pied, selon l'usage,
Les gens de pied iront à pied.

BARBE-BLEUE.

Allons, marchons!
Allons, partons!
Gai, gai, marions-nous!
Le mariage est doux!
Allons, marchons!
Allons, partons!
Chaud, chaud, partons gaîment!
Je suis impatient!

LE CHŒUR.

Allons, marchons!
Allons partons!
Gai, gai, mariez-vous!
Le mariage est doux!
Allons, marchons!
Allons, partons!
Chaud, chaud, partons gaîment!
Il est impatient!

BOULOTTE, à part, regardant Barbe-Bleue.

Je sais que de l'homme qui m'aime,
On ne dit pas grand bien;

Mais bath !... essayons-en tout d' même!
Qui n' risque rien n'a rien!

BARBE-BLEUE ET LE CHŒUR.

REPRISE

Allons, marchons!
Allons, partons! etc.
D'abord, au pas,
Au petit pas,
Sans grand fracas,
Et puis, au trot,
Au petit trot,
Puis au grand trot,
Puis au galop,
Au grand galop!
Hop-là! hop-là!
Tra, la, la, la, la.

POPOLANI.

En route, vassaux et manants!
En route, sans perdre de temps!
Faisons cortége aux deux amants!

Pendant la reprise du chœur, le cortége se met en marche partant de la gauche et traversant la scène sur le devant, en se dirigeant vers la montagne. — La moitié des hommes d'armes ouvre la marche, puis viennent les paysannes, puis Barbe-Bleue et Boulotte, puis le reste des hommes d'armes et enfin les paysans. Popolani et le greffier dirigent le cortége.

BARBE-BLEUE, BOULOTTE, POPOLANI ET LE CHŒUR.

Allons, marchons!
Allons, partons! etc.
D'abord au pas!
Au petit pas, etc.

BARBE-BLEUE, tenant Boulotte par la main et arrivé sur le devant de la scène.

Je suis Barbe-Bleue, ô gué!
Jamais veuf ne fut plus gai!

LE CHŒUR.

Il est Barbe-Bleue, ô gué!
Jamais veuf ne fut plus gai!

Arrivés au milieu de la montagne, Barbe-Bleue et Boulotte s'arrêtent et saluent les paysans, qui, restés en bas, agitent leurs chapeaux. — Tableau. — Le rideau tombe.

ACTE DEUXIÈME

PREMIER TABLEAU

Le palais du roi.

La salle des ancêtres garnie de portraits en pied. — Au fond, trois grandes baies ouvrant sur une galerie. — A droite, deuxième plan, porte de l'appartement du roi ; à gauche, en face, porte de l'appartement de la reine. — De chaque côté des potiches posées sur des socles. — A droite, sur le devant, un guéridon. — Le fauteuil royal à côté du guéridon ; un autre fauteuil pareil à gauche ; siéges au fond à droite et à gauche.

SCÈNE PREMIÈRE

ALVAREZ, COURTISANS, puis LE COMTE, puis UN PAGE.

Alvarez se tient le premier à gauche parmi les courtisans.

CHŒUR.

Notre maître
Va paraître;
Au palais nous accourons.
Force grâces,
Force places,
Voilà ce que nous voulons.

Entre par le fond le comte Oscar ; il est rêveur.

LE COMTE, à part*.

Serai-je Richelieu? Serai-je Olivarès?

* Alvarez, le comte.

LE CHŒUR.

Le premier ministre!
Son air est sinistre!

LE COMTE, saluant.

Salut à vous, messieurs!

LE CHŒUR, saluant.

Nous sommes vos valets.

LE COMTE, avec amertume, à part.

Mes valets aujourd'hui! mes ennemis demain!
Car ils sont courtisans, et tous sauraient, je pense,
Si je les en priais, répéter le refrain
Du courtisan par excellence.

Parlé, aux courtisans.

Chantons, messieurs.

COUPLETS.

I

C'est un métier difficile
Que celui des courtisans,
Et tel, qui s'y croit habile,
Souvent se fourre dedans.
Il faut, s'il veut arriver,
Qu'un bon courtisan s'incline,
Qu'il s'incline,
Qu'il s'incline,
Et qu'il courbe son échine
Autant qu'il la peut courber.

LE CHŒUR.

Il faut, s'il veut arriver, etc.

De profondes génuflexions accompagnent en mesure les mots : qu'il s'incline, qu'il s'incline.

LE COMTE.

II

Quoi que notre maître dise,
On doit se pâmer d'abord;

Et, si c'est une bêtise,
On ne rit plus, on se tord!
Il faut, s'il veut arriver,
Qu'un bon courtisan s'incline,
Qu'il s'incline,
Qu'il s'incline,
Et qu'il courbe son échine,
Autant qu'il la peut courber.

LE CHŒUR.

Il faut, s'il veut arriver, etc.

LE COMTE, à part, regardant les courtisans courbés.

Qu'est-ce que je disais ?

UN PAGE *, entrant par la droite et annonçant.

Le roi!

Les courtisans, qui sont en cercle autour du comte, passent à gauche; tous se rangent avec empressement sur deux lignes, Alvarez toujours le premier. Le roi Bobèche entre par la droite, les courtisans, ainsi que le comte Oscar, s'inclinent profondément.

LE COMTE.

Sa Majesté Bobèche!

SCÈNE II

LES MÊMES, LE ROI BOBÈCHE, suivi d'un autre page.

Il parcourt les rangs, sa figure exprime une vive satisfaction; les pages se tiennent derrière le guéridon.

BOBÈCHE **.

Deux pouces plus bas qu'hier... parfait! (Apercevant Alvarez qui est moins courbé que les autres.) Ah! cependant... (Reconnaissant Alvarez.) Alvarez!... ce devait être lui!... patience, patience!... (Il donne une tape sur la tête d'Alvarez pour le mettre

* Alvarez, le comte, le page.
** Alvarez, Bobèche, le comte, les pages.

au niveau.) Comme les autres, monsieur, comme les autres!... (Après un silence, il frappe dans ses mains.) Pan!... pan!... (Les courtisans se relèvent.) Comte Oscar, lisez l'emploi de la journée.

LE COMTE, prenant un papier que lui donne le deuxième page et lisant.

« A deux heures, réception du prince Saphir, qui vient pour épouser la princesse Hermia. Après avoir été reçu dans les jardins par la foule des courtisans qui lui chanteront la cantate n° 5 vous la savez... »

Chantant.

« Ah! quel beau jour!...
» Ah! quel beau jour!... »

ALVAREZ, continuant l'air.

« Ah! quel beau jour!... »

BOBÈCHE, sévèrement.

Assez, monsieur!... Continuez, comte Oscar.

LE COMTE, lisant.

« Après avoir été reçu par la foule des courtisans, le jeune prince sera amené par moi, en présence du roi, de la reine et de la jeune princesse... Scène intime... épanchements de famille. »

BOBÈCHE, se retournant vers Alvarez.

Vous causez, seigneur Alvarez.

ALVAREZ.

Ce n'est pas moi, sire.

BOBÈCHE.

Je vous dis que vous causez...

ALVAREZ.

Foi de gentilhomme!

BOBÈCHE.

Encore, monsieur!.., ne savez-vous pas que, quand c'est à moi qu'on parle, on doit garder le silence... Continuez, comte Oscar.

LE COMTE, lisant.

« A trois heures, réception du sire de Barbe-Bleue et de sa nouvelle épouse. — Cantate no 9. »

BOBÈCHE, chantant.

« Voici cet heureux couple...
» Il vient à petits pas... »

Continuez.

LE COMTE, lisant.

« Réception de gala et baise-main ici même dans la salle des ancêtres... (Tous les courtisans s'inclinent devant les portraits des ancêtres, Bobèche frappe deux coups dans sa main, ils se relèvent.) A huit heures, le dîner... à minuit, le mariage du prince et de la princesse. — Cantate no 22. »

BOBHCHE, chantant.

« Hyménée, hyménée !...
» O la belle journée !... »

LE COMTE, lisant.

« A minuit et demi, feu d'artifice, concert et bal. » C'est tout.

Il rend le papier au page.

BOBÈCHE, aux courtisans.

Je n'ai pas besoin de vous rappeler, messieurs, que pour ces diverses cérémonies, une mise soignée est de rigueur... Et maintenant allez, messieurs. Vous, Alvarez, restez...

Il donne le signal du départ en frappant deux coups dans ses mains.

REPRISE DU CHŒUR.

Il faut, s'il veut arriver,
Qu'un bon courtisan s'incline..., etc.

Les courtisans, moins Alvarez, sortent par le fond, les deux pages rentrent à droite.

SCÈNE III

ALVAREZ, BOBÈCHE, LE COMTE.

BOBÈCHE, à Alvarez.

A quelle heure vous êtes-vous levé ce matin ?

ALVAREZ.

A l'heure qui plaira à Votre Majesté.

BOBÈCHE, à part, avec amertume.

Et l'on veut que les rois sachent la vérité ! (Haut, à Alvarèz.) Alors, vous vous êtes levé à sept heures du matin, vous êtes descendu dans le parc, vous y avez rencontré une femme.

ALVAREZ.

La reine...

BOBÈCHE.

Cette femme, monsieur, nous ne la nommerons pas... Il convient de ne pas la nommer... Êtes-vous marié ?

ALVAREZ.

Non, sire.

BOBÈCHE.

Vous avez des enfants, au moins ?

ALVAREZ.

Non, sire.

BOBÈCHE.

C'est bien, vos enfants et votre femme trouveront en moi un second père... Allez ! je n'avais pas autre chose à vous dire...

ALVAREZ, se prenant la tête entre les mains, à part.

Oh ! je suis perdu !... Je suis bien perdu !...

Il sort par le fond.

SCÈNE IV

BOBÈCHE, LE COMTE.

BOBÈCHE.

Tu m'as compris ?...

LE COMTE.

Eh quoi! sire, encore du sang?...

BOBÈCHE.

Il le faut!...

LE COMTE.

Ils sont quatre déjà, qui ont rencontré la reine dans le parc, et qui, deux heures après...

BOBÈCHE, avec horreur.

Quatre déjà!...

LE COMTE.

Il faut nous arrêter; sire, vous êtes la voix qui commande, mais moi, je suis le bras qui exécute... et ça commence à me fatiguer. Et puis, j'ai des remords... c'est la nuit que ça me prend... Pas plus tard qu'avant-hier, j'ai eu une crise... je me suis levé précipitamment. La comtesse Oscar m'a dit : « Qu'avez-vous, mon ami?... » Je n'ai pas osé lui dire que c'était le remords... Elle a cru ce qu'elle a voulu.

BOBÈCHE.

Je comprends ça.

LE COMTE.

Il faut nous arrêter.

BOBÈCHE.

Bah! celui-là encore, après nous verrons... (Passant à droite. *) Et maintenant, occupons-nous des affaires de l'État. (Il fait tourner une

* Le comte, Bobèche.

crécelle dorée qui est sur le guéridon; un page entre par la droite.) Qu'on m'apporte le monde!... (Le page apporte une mappemonde qu'il dépose sur le guéridon et sort. Au comte.) Avez-vous observé l'horizon politique?

LE COMTE.

Oui, sire.

BOBÈCHE, s'asseyant près du guéridon et s'amusant à faire tourner la mappemonde.

Moi aussi, monsieur, et j'ai une opinion.

LE COMTE, s'approchant.

Je ne la connais pas, sire, mais je la partage entièrement.

BOBÈCHE.

Mon opinion, c'est que la conduite du sire de Barbe-Bleue n'est pas claire... Cinq de ses femmes ont déjà disparu... Ne vous avais-je pas chargé de lui faire quelques observations?

LE COMTE.

Après la disparition de sa troisième femme, je suis allé le trouver... et, pour entamer la conversation : « C'était une bien digne femme que feue Isaure de Valbon, lui ai-je dit. — Oui, m'a-t-il répondu, une bien digne femme, mais c'était toujours la même chose... » Je n'ai pas cru devoir aller plus loin.

BOBÈCHE.

Tu as bien fait... Il me semble cependant que tant de crimes ne peuvent rester impunis... Cinq femmes!...

LE COMTE.

Oui, sire, il a fait disparaître cinq femmes, tout comme moi, par votre ordre, j'ai fait disparaître cinq...

BOBÈCHE, se levant et passant à gauche *.

Oses-tu comparer la conduite d'un roi qui commande à cent vingt millions d'hommes à celle d'un méchant petit prince, qui n'a pas trois mille sujets?...

* Bobèche, le comte.

LE COMTE.

Sire!...

BOBÈCHE.

Tu vois... tu ne l'oses... Il faut sévir... et nous sévirons!

LE COMTE.

C'est qu'il a des canons, le sire de Barbe-Bleue!... Tandis que vous... vous n'en avez pas!

BOBÈCHE.

Comment, je n'en ai pas?...

LE COMTE.

Dame, l'an dernier, vous avez absolument tenu à avoir votre statue équestre... Tous vos canons y ont passé.

BOBÈCHE.

Mais, depuis ma statue, qu'est-ce que le grand-maître de mon artillerie fait de l'argent que je lui donne?

LE COMTE.

Il le dépense avec des femmes.

BOBÈCHE.

Il devrait nous inviter, au moins.

LE COMTE.

Moi, il m'invite.

BOBÈCHE.

Il vous invite... Ah!... (Changeant de ton.) Donc, votre avis est qu'il ne faut pas sévir?

LE COMTE.

Non-seulement il ne faut pas sévir, mais il faudra recevoir très-bien le sire de Barbe-Bleue, et lui obéir, s'il plaît à ce redoutable seigneur d'ordonner quelque chose.

BOBÈCHE.

Eh bien!... on lui obéira.

LE COMTE.

Est-ce décidé, sire ?...

BOBÈCHE.

C'est décidé !... (Avec orgueil et passant à droite *.) Un homme est bien fort, quand il a pris une résolution !

SCÈNE V

LES MÊMES, UN PAGE, puis LA REINE CLÉMENTINE, suivie d'un autre page.

UN PAGE, entrant par la gauche et annonçant.

La reine !

Clémentine parait, un deuxième page la suit.

BOBÈCHE, regardant entrer Clémentine, à part **.

Tout comme Isaure de Valbon, la reine... avec une nuance cependant... c'est une femme très-désagréable, mais c'est toujours la même chose. (Au comte.) Allez, comte Oscar, et n'oubliez pas que vous avez deux mots à dire au seigneur Alvarez.

Le comte remonte.

CLÉMENTINE.

Ah ! à propos d'Alvarez, comte Oscar ?...

LE COMTE, redescendant vivement.

Majesté ?...

CLÉMENTINE.

Dites-lui que j'ai pensé à ce qu'il m'a demandé et que je crois que ça pourra se faire.

BOBÈCHE, bas au comte.

Et tu voulais l'épargner !...

* Le comte, Bobèche.
** Les pages, Clémentine, le comte, Bobèche.

LE COMTE, bas.

C'est bien, sire, j'obéirai.

Il sort par le fond, Bobèche remonte et redescend à gauche ; les pages rentrent à gauche.

SCÈNE VI

BOBÈCHE, CLÉMENTINE.

BOBÈCHE.

Que me voulez-vous, madame ?

CLÉMENTINE.

On vient de notifier à ma fille et à moi l'emploi de cette journée.

BOBÈCHE.

Eh bien ?

CLÉMENTINE.

J'y vois que ce soir, à minuit, elle doit épouser le prince Saphir...

BOBÈCHE.

C'est exact.

CLÉMENTINE.

Eh bien ! monsieur, ce mariage ne peut pas se faire.

BOBÈCHE.

Pourquoi ? Ah ! dites-moi pourquoi ?

CLÉMENTINE.

Je connais le cœur de ma fille... Elle aime quelqu'un.

BOBÈCHE, amèrement.

Mais on peut aimer une personne et en épouser une autre.

CLÉMENTINE, avec énergie.

Ah ! je le sais bien.

BOBÈCHE.

Madame!...

CLÉMENTINE.

Mais je sais, et vous savez aussi ce qui d'ordinaire résulte de ces sortes d'unions...

BOBÈCHE.

Je ne vous parle jamais de ça, vous m'en parlez toujours, vous avez tort. Ça n'est pas un sujet convenable de conversation.

CLÉMENTINE.

J'ai le droit d'en parler, moi... car je ne suis jamais allée jusqu'à la faute...

BOBÈCHE.

Parce que je vous ai arrêtée à la frontière.

CLÉMENTINE.

Jamais, monsieur, et cependant... avouez qu'en un cas pareil, l'épouse pourrait plaider les circonstances atténuantes.

COUPLETS.

I

On prend un ange d'innocence,
Tout comme j'étais à seize ans,
Un jour, on la met en présence
D'un prince des plus déplaisants. .
Voilà comment cela commence.
Elle pleure, elle en perd l'esprit,
Mais la raison d'État empêche,
Qu'on écoute ce qu'elle dit.
Bref, elle épouse un roi Bobèche!...
Voilà comment cela finit!

II

Un seigneur de haute naissance,
Un beau soir, paraît à la cour,
Il ose, voyez l'insolence,
A la reine parler d'amour.

Voilà comment cela commence.
De fureur la reine pâlit ;
Mais, le lendemain, moins revêche,
A l'imprudent elle sourit...
Et tu vois d'ici, roi Bobèche,
Tu vois comment cela finit.

BOBÈCHE.

Vous avez une manie désagréable, c'est de toujours me parler de ce dont les femmes évitent généralement de parler à leurs maris...

CLÉMENTINE.

Je ne vous en parlerais certes pas, monsieur, s'il ne s'agissait du bonheur de ma fille.

BOBÈCHE.

Votre fille, madame !... je suis sûr qu'elle sera plus raisonnable que vous, votre fille, et qu'elle prendra la chose très-gentiment.

CLÉMENTINE.

Très-gentiment ?... Eh bien ! savez-vous ce qu'elle fait, depuis qu'elle a appris qu'elle serait mariée ce soir avec ce prince Saphir ?

BOBÈCHE.

Qu'est-ce qu'elle fait ?

CLÉMENTINE.

Elle brise des vases précieux.

BOBÈCHE, *furieux.*

Elle brise mes biscuits !... par exemple !...

Il veut s'élancer, Clémentine l'arrête.

CLÉMENTINE.

Oh ! soyez tranquille, vous ne tarderez pas à la voir paraître... quand elle aura cassé les potiches qui sont par là, elle viendra casser celles qui sont ici.

Bruit de porcelaine brisée en dehors, la princesse Hermia entre précipitamment par la gauche.

SCÈNE VII

LES MÊMES, LA PRINCESSE.

LA PRINCESSE *.

Ah! vous voulez me marier avec le prince Saphir! (Elle brise un vase à gauche.) V'lan!

CLÉMENTINE, à Bobèche.

Vous voyez!...

BOBÈCHE, cherchant à arrêter sa fille.

Hermia!...

LA PRINCESSE **.

Ah! c'est pour ce soir, à minuit!... (Elle va briser un autre vase à droite.) V'lan!

BOBÈCHE, courant à elle ***.

Mia-mia!

LA PRINCESSE.

C'est ce que nous verrons!...

Elle va pour saisir la mappemonde.

BOBÈCHE, l'arrêtant.

Pas ça, ma fille!... Pas le monde!...

CLÉMENTINE, à Bobèche.

Quand je vous le disais!

BOBÈCHE, ramenant sa fille au milieu ****.

Voyons, ma fille, voyons, il faut être raisonnable.

LA PRINCESSE.

Je ne demande pas mieux que d'être raisonnable, mais à la con-

* La princesse, Clémentine, Bobèche.
** Clémentine, la princesse, Bobèche.
*** Clémentine, Bobèche, la princesse.
**** Clémentine, la princesse, Bobèche.

dition qu'on fera ce que je voudrai. Je n'épouserai pas votre prince Saphir ! J'aime un berger !... Ce berger, je l'avais emmené avec moi... au milieu du chemin, il m'a dit : « Quand vous étiez bergère, je n'osais pas parler à ma famille de notre mariage, mais du moment que vous êtes princesse, c'est bien différent, et je vais parler à ma famille... » Là-dessus il m'a quittée... il faut l'attendre.

BOBÈCHE.

Il est trop tard, ma fille.

CLÉMENTINE.

Il n'est jamais trop tard pour empêcher un malheur.

BOBÈCHE.

Madame !...

CLÉMENTINE, avec intention.

Un nouveau malheur.

BOBÈCHE.

Voilà que vous recommencez...

LA PRINCESSE.

Tiens bon, maman ! (A Bobèche.) Maman est pour moi !... (A sa mère.) Tiens bon, maman !

BOBÈCHE.

Clémentine fera ce que je voudrai !... Elle est ma femme, Clémentine !

CLÉMENTINE.

Oui, mais avant d'être votre femme, j'étais sa mère...

BOBÈCHE.

Comment ?

CLÉMENTINE.

Je veux dire qu'avant d'être votre femme, je suis sa mère !

BOBÈCHE.

J'aime mieux ça.

CLÉMENTINE.

Et puis...

BOBÈCHE, furieux.

Et puis... en voilà assez!... (Musique en dehors.) J'entends la cantate... c'est le jeune prince!

Il remonte, Clémentine et la princesse passent à droite

LA PRINCESSE, brisée.

Oh! maman!... maman!...

Elle se jette dans les bras de sa mère.

CLÉMENTINE, la soutenant *.

Oh! ma fille!... ma fille!

BOBÈCHE, redescendant à gauche.

Attention, ma fille!

LA PRINCESSE, se redressant.

N'ayez pas peur, vous allez voir comment je vais le recevoir!

Deux pages entrent par le fond, précédant le prince Saphir; après son entrée, ils restent au fond.

SCÈNE VIII

LES MÊMES, LE PRINCE SAPHIR.

UN PAGE, annonçant du fond.

Le prince Saphir!

SAPHIR, entrant par le fond et saluant Bobèche et Clémentine **.

Sire!... Madame!... (Il salue la princesse.) Mademoiselle!..

Celle-ci tourne le dos.

CLÉMENTINE, bas à sa fille.

Je t'assure qu'il n'est pas mal.

* Bobèche, Clémentine, la princesse.
** Bobèche, Saphir, Clémentine, la princesse.

BOBÈCHE, mécontent.

Ma fille!... ma fille!...

SAPHIR.

Chère princesse...

LA PRINCESSE, allant à Saphir *.

Non!... et je vais lui dire à lui-même... (Elle lève les yeux, reconnaît Saphir et se précipite dans ses bras en jetant un cri de joie.) Ah!...

QUATUOR.

LA PRINCESSE.

C'est mon berger!

TOUS, étonnés.

C'est son berger!

LA PRINCESSE.

Pourquoi me faire enrager?
C'est mon berger!

TOUS.

C'est son berger!

LA PRINCESSE.

C'est bien lui! c'est mon berger!
Il a changé de costume,
Mais son cœur n'a pu changer,
Et sous cette toque à plume
Je reconnais mon berger!

TOUS.

C'est son berger!

LA PRINCESSE.

C'est mon berger!
Quel plaisir de reconnaître
Ce front charmant!
Il est mon seigneur et maître,
Et mon amant!

* Bobèche, Saphir, la princesse, Clémentine.

Mariez-nous tout de suite!
A mon côté mettez vite,
Mettez la fleur d'oranger,
Que j'épouse mon berger!
C'est mon berger!

TOUS.

C'est son berger!

BOBÈCHE, ahuri.

C'est mon berger!... c'est son berger!.. Ce n'est donc pas le prince?

SAPHIR.

Si fait! le prince et le berger ne font qu'un...

BOBÈCHE.

Comment cela?

SAPHIR.

Je vais vous le dire : une fois, à la chasse, je m'égarai... j'aperçus...

BOBÈCHE.

Ah! vous avez quelque chose à raconter... (Il remonte et fait un signe. — Les deux pages avancent un fauteuil à droite, un fauteuil à gauche, deux tabourets au milieu.) Ça se trouve bien, car nous avions mis une scène intime sur le programme, et je ne sais fichtre pas avec quoi nous l'aurions remplie. Asseyons-nous. (Tous les quatre s'asseyent. — Les pages se retirent. — A Saphir.) Maintenant, vous pouvez...

SAPHIR.

Une fois, à la chasse, je m'égarai, j'aperçus une bergère d'une beauté éclatante!...

LA PRINCESSE, ingénument.

C'était moi, maman!

CLÉMENTINE.

Pauvre enfant!

SAPHIR, continuant.

Je vins m'établir auprès d'elle, dans le même village, sous l'apparence d'un berger... On n'aime bien qu'à la campagne!... dans les villes, le cœur ne bat pas, mais il bat aux champs.

BOBÈCHE.

Battre aux champs!

QUATUOR.

LE ROI, se levant.

Ran, plan, plan, plan, plan!

CLÉMENTINE, de même.

Ran, plan, plan, plan, plan!

LA PRINCESSE, de même.

Ran, plan, plan, plan, plan.

SAPHIR, de même.

Ran, plan, plan, plan, plan.

Tous se rasseyent, Saphir un peu après les autres.

BOBÈCHE, à Saphir. Parlé.

Reprenez votre récit.

SAPHIR, de même.

Je disais donc que le cœur ne bat pas à la ville, mais qu'il bat aux champs.

BOBÈCHE, de même.

Alors je reprends.

LE ROI, se levant.

REPRISE.

Ran, plan, plan, plan, plan!

CLÉMENTINE, se levant.

Ran, plan, plan, plan, plan!

LA PRINCESSE, de même.

Ran, plan, plan, plan, plan!

SAPHIR, de même.

Ran, plan, plan, plan, plan!

Tous se rasseyent.

SAPHIR, *étonné.*

Je ne comprends pas....

BOBÈCHE.

Ça ne fait rien... Vous avez de l'esprit, nous aussi, ça ne nous empêche pas d'avoir du cœur. Ainsi, je vais pouvoir vous appeler mon fils, vous allez prendre femme. Si j'ai quelque chose à vous souhaiter, c'est d'avoir un intérieur comparable au mien. Un paradis, un vrai paradis!... Une fille douce et obéissante... une femme affectueuse et dévouée... Il y a vingt ans déjà que j'ai épousé Clémentine, et nous nous aimons encore comme au premier jour... pas vrai, mon ange?

CLÉMENTINE, *amèrement.*

Oui, comme au premier jour.

BOBÈCHE, *se levant.*

Titine...

CLÉMENTINE, *se levant.*

Bobèche?...

BOBÈCHE.

Viens... pour montrer au monsieur comme nous nous aimons... viens, Titine, viens m'embrasser!

CLÉMENTINE, *énergiquement.*

Jamais de la vie!

La princesse se lève inquiète.

BOBÈCHE.

Madame!...

CLÉMENTINE.

Si vous vous figurez que j'en ai envie!...

BOBÈCHE.

Eh bien! et moi donc!... je disais cela, parce qu'il y a du monde.

CLÉMENTINE.

Ma fille! ma fille!... on insulte ta mère!...

LA PRINCESSE.

Maman!... maman!...

CLÉMENTINE.

Tu me défendras...

BOBÈCHE, allant à elles. A Clémentine.

Vous abusez, madame...

LA PRINCESSE, voulant l'arrêter.

Ne touchez pas à ma mère, monsieur!...

Elle veut retenir son père.

BOBÈCHE, impatienté.

Eh! laisse-moi, toi!...

Il se débarrasse un peu vivement de sa fille et la fait passer à gauche *.

LA PRINCESSE, avec éclat.

Il m'a battue!..! il m'a battue!... ah!...

CLÉMENTINE, avec fureur.

Il a battu mon enfant!... Ah!

Toutes deux jettent des cris perçants.

BOBÈCHE, à Saphir, qui, cloué sur son siége, a écouté toute cette scène avec stupeur.

Voilà notre intérieur, monsieur... Un enfer!... un véritable enfer!... une fille qui casse des vases précieux, et une femme...

SAPHIR.

Une femme?...

Le comte Oscar entre en s'appuyant sur deux pages qui restent au fond.

SCÈNE IX

LES MÊMES, LE COMTE.

Le comte Oscar est pâle, bouleversé, il arrive jusqu'au milieu de la scène sans dire un mot.

BOBÈCHE **.

Eh bien, comte Oscar?... (Le comte Oscar veut parler, tombe assis sur un siége au milieu et ne peut pas trouver une parole.) Qu'est-ce que vous avez?

* La princesse, Saphir, Bobèche, Clémentine.

** La princesse, Saphir, le comte, Bobèche, Clémentine.

LE COMTE.

Vous me demandez ce que j'ai !...

BOBÈCHE, comprenant.

Ah ! c'est fait?

LE COMTE, d'une voix étouffée.

Oui.

Il se lève et remonte.

BOBÈCHE *, avec éclat à Saphir, qui continue à écouter avec stupeur et qui est toujours assis.

Une femme, à cause de qui j'ai été obligé de faire tuer un homme, il n'y a pas un quart d'heure!

Saphir se lève.

CLÉMENTINE, avec déchirement.

Un homme tué à cause de moi!... Et qui ça?

BOBÈCHE, terrible.

Alvarez, madame!

CLÉMENTINE, se remettant tout à coup.

Alvarez! Ah! vous m'avez fait une peur!...

BOBÈCHE, à part.

Allons, bon!... tout est à recommencer! (Musique à l'orchestre. Haut.) Qu'est-ce?

LE COMTE **, redescendant.

C'est le sire de Barbe-Bleue et sa nouvelle épouse!

BOBÈCHE.

Alors, fin de la scène intime... (Les pages remettent les siéges en place et sortent par la droite, en emportant le guéridon. — Au comte Oscar.) Je suis satisfait de vos services... je vous nomme gouverneur de nos provinces du sud, celles qui jusqu'à présent ont refusé de reconnaître notre autorité.

* La princesse, Saphir, Bobèche, Clémentine, le comte, au deuxième plan.
** La princesse, Saphir, le comte, Bobèche, Clémentine.

LE COMTE.

Ah! ma reconnaissance...

Il remonte.

SAPHIR, à la princesse, bas.

J'ai beaucoup réfléchi pendant la scène intime... une fois mariés, nous verrons très-peu tes parents... nous les inviterons à dîner une fois par mois... pas davantage.

CLÉMENTINE, rêveuse, à part.

Tuer Alvarez... Pourquoi? quel quiproquo!...

Saphir et la princesse passent à droite, près de Bobèche et de Clémentine. — Les courtisans et les dames de la cour entrent par le fond.

SCÈNE X

LES MÊMES, LES COURTISANS, DAMES DE LA COUR, puis BARBE-BLEUE ET BOULOTTE, GARDES, qui restent dans la galerie du fond.

FINALE

CHŒUR *.

Voici cet heureux couple!
Il vient à petits pas.
L'époux est mince et souple,
L'épouse a des appas.

LE COMTE, à Bobèche.

Il vient vous présenter son épouse, et désire
Vous adresser son compliment.

BOBÈCHE.

C'est la sixième fois... je sais ce qu'il va dire :
Toujours le même boniment!

* Le comte, Bobèche, Clémentine, la princesse, Saphir.

LE CHŒUR.

Toujours le même boniment!

BOBÈCHE.

Écoutons cependant.

LE COMTE.

Écoutons...

BOBÈCHE.

Cependant.

Barbe-Bleue entre par le fond avec Boulotte ; celle-ci superbement vêtue.

BARBE-BLEUE *, à Bobèche.

COUPLETS.

I

J'ai, la dernière semaine,
De l'hymen serré la chaîne.

LE CHŒUR.

Mais il nous a déjà dit ça!

BARBE-BLEUE.

Donc, selon l'antique usage,
Roi, je viens vous rendre hommage...

LE CHŒUR.

Mais il nous a déjà dit ça!

BARBE-BLEUE.

Et vous présenter la dame,
Qui, pour l'instant est ma femme.

LE CHŒUR.

Halte-là!
Car déjà
Vous nous avez dit tout cela!

* Le comte, Boulotte, Barbe-bleue, Bobèche, Clémentine, la princesse, Saphir.

BARBE-BLEUE.

Eh bien, si j'ai dit tout cela,
Je le répète, et puis voilà !

Barbe-Bleue fait passer Boulotte près de Bobèche

BOULOTTE, à Bobèche *.

II

Le roi Bobèche, c'est vous, sire?...
Vous m'allez... j' vous l' fais pas dire.

LE CHŒUR, étonné.

On ne nous a jamais dit ça !

BOULOTTE, montrant Clémentine.

C'tte gross' mèr' qu'a si bonn' mine,
Vingt sous qu' c'est mam' Clémentine!

LE CHŒUR.

On ne nous a jamais dit ça!

BOULOTTE.

On parl' bien, quand on s'applique...
Salut à tout' la boutique!

Elle fait des révérences.

LE CHŒUR.

Halte-là !
Halte-là !
On ne nous a jamais dit ça!

BARBE-BLEUE, bas à Boulotte.

Ma chère, on ne dit pas cela.

BOULOTTE.

Moi, je le dis... et puis voilà !

Barbe-Bleue s'empresse de faire repasser Boulotte à sa droite

BOBÈCHE, à Barbe-Bleue, en riant sous cape des manières de Boulotte **.

Mes compliments, seigneur, votre femme est gentille.

* Le comte, Barbe-Bleue, Boulotte, Bobèche, Clémentine, la princesse, Saphir.
** Le comte, Boulotte, Barbe-Bleue, Bobèche, Clémentine, la princesse, Saphir.

BARBE-BLEUE.

Ne parlons pas de ça... Parlons de votre fille.
Quand la mariez-vous?

BOBÈCHE.

Ce soir même, à minuit!

BARBE-BLEUE.

A minuit?

CLÉMENTINE.

Le contrat, la chapelle... et tout ce qui s'ensuit!

BARBE-BLEUE.

A minuit?

BOBÈCHE ET CLÉMENTINE.

A minuit!

BARBE-BLEUE, à part.

J'ai le temps, il suffit.

BOBÈCHE.

Passons au baise-main!

LE COMTE, aux courtisans.

Messieurs, le baise-main!

Il va se placer à la droite de Bobèche. — Barbe-Bleue et Boulotte gagnent la gauche. Clémentine s'assied sur le fauteuil de droite. La princesse et Saphir restent debout auprès d'elle.

LE CHŒUR*.

De notre auguste souverain
Baisons la main.

LE COMTE, annonçant le premier couple qui s'avance. Parlé.

Le chevalier et la chevalière de la Tour qui craque!

BOBÈCHE.

Ma bonne noblesse du midi!

Tous les seigneurs et dames viennent, à tour de rôle, baiser la main de Bobèche.

* Boulotte, Barbe-Bleue, le comte, Bobèche, Clémentine, la princesse, Saphir.

LE CHŒUR.

Baisons la main
Du souverain.

BARBE-BLEUE, regardant la princesse, à part.

Ah! qu'elle est belle, sur mon âme,
Celle qui sera ma septième femme!

LE COMTE, quand tous les seigneurs et dames ont défilé, annonçant. Parlé.

Le sire de Barbe-Bleue et sa sixième!

Barbe-Bleue s'avance avec Boulotte.

BOULOTTE, à part, en voyant Saphir et s'arrêtant au moment de baiser la main de Bobèche.

Ah çà, ce jeune homme,
Vêtu de satin...
Mais, nom d'une pomme!
C'est mon galopin!

Elle va pour s'élancer vers Saphir, Barbe-Bleue la retient.

BOBÈCHE, tendant sa main.

J'ai l'honneur de tendre
Ma royale main...
Je ne puis attendre
Jusques à demain!

Clémentine se lève.

SAPHIR ET LA PRINCESSE, reconnaissant Boulotte, à part.

Boulotte!...

BOULOTTE, voyant la princesse.

Fleurette!

SAPHIR, à part.

Grands Dieux!

LA PRINCESSE, bas à Clémentine.

Ah! maman!...

CLÉMENTINE.

Quoi donc?

LA PRINCESSE, bas.

Voyez cette femme!

BOULOTTE, à part, regardant Saphir.

Ah! le petit gueux!

BARBE-BLEUE, bas à Boulotte.

Madame!... madame!...

BOBÈCHE, tendant toujours sa main. Parlé.

Eh bien?...

SAPHIR, à part, avec crainte.

C'est elle!

BOBÈCHE.

Eh bien?...

BOULOTTE, à part.

C'est lui!

Tout ce qui précède s'est dit sur la musique qui continue.

BARBE-BLEUE, bas à Boulotte, lui montrant Bobèche.

Le roi tend sa main... allez-y madame.

BOULOTTE.

Et bien! quoi?... qu'est-c' qu'il faut que j' fasse?

LE COMTE ET LE CHŒUR.

Embrassez!

BOULOTTE.

S'il n' s'agit que d'embrasser, j'embrasse,
Et j'embrasse de tout mon cœur!

Au lieu de baiser la main de Bobèche, elle se précipite vers Saphir, qu'elle embrasse sur les deux joues. — Stupéfaction générale. — Clémentine et la princesse, effrayées du mouvement de Boulotte, remontent et passent à gauche. — Saphir les suit après s'être dégagé des mains de Boulotte, qui alors revient au milieu. — Le comte Oscar, après ce mouvement, passe à droite.

LE CHŒUR.

C'est une horreur!
Holà! holà!
D'où tenez-vous ces façons-là?

Nul baise-main de grand gala
Ne s'est passé comme cela!

Pendant le chœur, Bobèche a passé près de Clémentine.

BOULOTTE, étonnée *.

Pourquoi qu'ils m' font tous les gros yeux?
Pourquoi ces cris, c't air furieux?
Quoi qu' j'ai donc fait d' si scandaleux?
Pourquoi cette grimace,
Quand j' l'embrasse?
Qu'est-c' qu'ils ont donc à s' trémousser,
A m'agacer,
A m' tracasser?

Montrant le comte Oscar.

C'est m'sieur qui m'a dit d'embrasser!

LE CHŒUR.

C'est une horreur! holà! holà!
D'où tenez-vous ces façons-là?

BARBE-BLEUE, à Boulotte.

Taisez-vous ou, sur ma foi,
Vous aurez affaire à moi!

LE CHŒUR.

Nul baise-main de grand gala
Ne s'est passé comme cela!

BOULOTTE, regardant Saphir.

Qu'il est charmant, le freluquet!
Quel œil fripon! quel air coquet!
Qu'il est charmant, le freluquet!
Et puis quelle tournure!
Quelle allure!
Qu'il est gentil! qu'il est mignon!
Ah! le joli petit trognon!

BOBÈCHE, à Boulotte.

Ce n'était pas lui... c'était moi!
Moi, le roi!

* Saphir, la princesse, Clémentine, Bobèche, Boulotte, Barbe-bleue, le comte.

LE CHŒUR.

Lui, le roi !

BOULOTTE, à Bobèche.

Vous aussi?... je n' demand' pas mieux!

Elle embrasse Bobèche sur les deux joues

LE CHŒUR.

Ah! quelle audace!

BOULOTTE.

Pendant qu' j'y suis, faut-y qu' j'embrasse,
Tous ces messieurs?

Elle va embrasser le comte Oscar, puis veut s'élancer vers les seigneurs.

BARBE-BLEUE, l'arrêtant et la ramenant au milieu.

Non, ça suffit... Partons, partons!

BOULOTTE.

Pourquoi partir?... restons, restons!

ENSEMBLE GÉNÉRAL.

BOBÈCHE, CLÉMENTINE, LA PRINCESSE, SAPHIR, LE COMTE, ET LE CHŒUR.

Partez, partez! Emmenez-la!
Nous n'aimons pas ces façons-là !
Nul baise-main de grand gala
Ne s'est passé comme cela !
Sous les lambris de ce palais,
Rien de pareil n'advint jamais!

BARBE-BLEUE, à Boulotte.

Venez, venez! chez nous rentrons!
De tout ceci nous parlerons!
Assez causé comme cela!
Nous réglerons ce compte-là !
Sortons, sortons de ce palais;
Vous le quittez, et pour jamais!

BOULOTTE.

Qué qu' c'est qu' tout ça?... Pourquoi partir?
Je commençais à m' divertir.

Mais c'est toujours comme cela...
On voudrait rester... on s'en va!
Pourquoi partir?... ah ! j' commençais
A m'amuser dans ce palais !

Pendant cet ensemble, Clémentine tombe à moitié pâmée sur le fauteuil de gauche, Saphir et la princesse s'empressent auprès d'elle. Bobèche, apres avoir fait signe à Barbe-Bleue et à Boulotte de sortir, passe près du comte Oscar, qui s'est étalé dans le fauteuil de droite en riant aux éclats; Bobèche rit d'abord avec lui, puis il le fait lever et prend sa place, en continuant de rire. — Toute la cour montre une vive indignation. — Tableau *. — Un rideau de manœuvre descend et, après quelques mesures à l'orchestre, se relève et laisse voir le caveau de l'alchimiste.

DEUXIÈME TABLEAU

Le caveau de l'alchimiste.

Fourneaux, cornues. — Une lampe allumée descend du plafond. — Au fond, au milieu de la scène, faisant face au public, un grand mausolée portant une série d'inscriptions funéraires : Ci-gît Héloïse. — Ci-gît Rosalie. — Ci-gît Éléonore. — Ci-gît Blanche. — Ci-gît Isaure. — A gauche, un lit de repos ; à droite, une table. — Porte d'entrée au fond, à droite. — Une autre porte à droite, au premier plan.

SCÈNE PREMIÈRE

POPOLANI, *seul.*

Hier il faisait beau, aujourd'hui il fait un temps de chien; hier, à trois reprises, j'ai observé le ciel... à trois reprises j'ai pu constater que Mars se rapprochait sensiblement de Vénus... Je ne l'en

* Saphir, Clémentine, la princesse, Boulotte, Barbe-Bleue, le comte, Bobèche.

blâme pas, mais tous ceux qui comprennent le langage des astres savent ce que ça veut dire. Ça veut dire que si d'ici à huit jours, je n'ai pas brisé mon maître, le sire de Barbe-Bleue me brisera... et l'orage d'aujourd'hui veut dire que je ferai bien de me dépêcher... Il n'y a pas à hésiter... Brisons mon maître. C'est un sacripant d'ailleurs, et sa chute me relèvera dans l'estime des honnêtes gens. (On entend le son du cor.) Qu'est-ce que c'est que ça?... On dirait le cor du sire de Barbe-Bleue... Non, c'est le bruit du vent dans le corridor. (Il reprend.) Cinq femmes déjà sont entrées ici... et je ne peux pas tolérer ça. Tous ces crimes chargent ma conscience... je ne veux pas en commettre de nouveaux. D'autant plus que les cinq premiers m'ayant été bien payés, je ne vois pas la nécessité d'en commettre un sixième... j'ai de quoi vivre en honnête homme... Mon Dieu! mon Dieu! qu'est-ce donc que la vertu?... ne serait-ce que la satiété?... ce serait atterrant, atterrant, atterrant!... (On entend de nouveau le son du cor plus rapproché cette fois.) Mais non, je ne m'étais pas trompé. C'est bien le cor de Barbe-Bleue... Il vient ici... il est là!... que vient-il encore me demander?... Est-ce que déjà Boulotte... la malheureuse Boulotte?...

On frappe trois coups à la porte du fond. — Popolani va ouvrir. — Barbe-Bleue paraît. — Il est précédé par deux hommes d'armes portant des torches.

SCÈNE II

POPOLANI, BARBE-BLEUE.

POPOLANI, saluant.

Monseigneur...

BARBE-BLEUE, d'une voix brève qu'il garde pendant toute la scène.

Tu es seul?

POPOLANI, sombre.

Toujours seul!

BARBE-BLEUE, aux hommes d'armes

Allez gens d'armes! (Les hommes d'armes sortent par le fond. — A Popolani.) Va préparer le plus rapide de tes poisons.

POPOLANI.

Pourquoi faire?

BARBE-BLEUE.

Ne le devines-tu pas?... Elle vient.

POPOLANI, à part.

Quand je le disais. (Haut.) Ah! monseigneur...

BARBE-BLEUE.

Des observations!... Je ne les tolérerais pas, même si j'avais le temps de les écouter... mais ce temps, je ne l'ai pas... Il faut qu'à minuit j'aie épousé la fille du roi Bobèche.

POPOLANI.

A minuit?

BARBE-BLEUE.

Minuit un quart au plus tard... et il est dix heures et demie... Tu vois qu'il n'y a pas de temps à perdre.

POPOLANI.

De plus en plus fort!...

BARBE-BLEUE.

Je ne dis pas le contraire... mais j'ai pour devise : Toujours veuf et jamais veuf!... Et tu sais, quand on a une devise...

POPOLANI, à part.

Les astres ont parlé... si je ne le brise pas... il me brise!

BARBE-BLEUE.

Tu ne m'as pas entendu?

POPOLANI, suppliant.

Encore une fois...

BARBE-BLEUE.

Le plus rapide de tes poisons!... obéis... je suis excessivement pressé.

POPOLANI.

J'obéis, monseigneur.

Il sort par la droite.

SCÈNE III

BARBE-BLEUE, seul, regardant le mausolée.

COUPLET.

Le voilà donc le tombeau de ces cinq femmes,
Qui m'ont aimé d'un amour sans pareil!
Dormez en paix, dormez bien, pauvres âmes,
Je ne viens pas troubler votre sommeil!
Elles sont cinq!... ô destinée humaine!
Quoi, cinq déjà!... cinq anges disparus!
Il en manque un pour la demi-douzaine...
Dans un instant, il n'en manquera plus!

Entre par le fond, Boulotte, conduite par deux hommes d'armes qui se retirent après l'avoir amenée.

SCÈNE IV

BARBE-BLEUE, BOULOTTE.

BOULOTTE.

Ah çà, qu'est-ce que ça signifie?... cette partie de campagne à dix heures du soir.. cette promenade au galop à travers la tempête, les éclairs et tout le tremblement... Votre silence quand je vous demande oùs que nous allons... cette tour et cet escalier dont vos hommes d'armes m'ont fait descendre les marches... cet escalier oùs qu'il y a un tas de rats... (Mouvement de Barbe-Bleue.) Ne dites pas non... je les ai sentis qui me couraient dans les jambes, pendant que je descendais.

BARBE-BLEUE.

Prenez garde, dame Boulotte... (Appuyant.) Ma sixième femme!

BOULOTTE.

Qu'est-ce que ça veut encore dire, ça?

BARBE-BLEUE, la prenant par la main.

Savez-vous lire, madame?

BOULOTTE.

Dame! quand les lettres sont grosses...

BARBE-BLEUE.

Lisez, alors.

Il la mène devant le mausolée.

BOULOTTE *, lisant les inscriptions.

« Ci-gît, Héloïse, de son vivant haute et puissante dame de Barbe-Bleue!... » (Avec effroi.) Allons-nous-en!

BARBE-BLEUE, la retenant.

Vous n'avez pas tout lu.

BOULOTTE, lisant.

« Ci-gît Rosalinde; ci-gît Éléonore; ci-gît... » Allons-nous-en!... allons-nous-en!

Elle repasse à droite.

BARBE-BLEUE **, la reprenant par la main.

Lisez encore... madame... lisez : « Ci-gît Blanche... ci-gît Isaure... » et au-dessous de ce dernier nom, que lisez-vous?

BOULOTTE.

Il n'y a rien.

BARBE-BLEUE.

Il n'y a rien, cela est vrai. Eh bien! demain...

BOULOTTE.

Demain?...

* Boulotte, Barbe-Bleue.
** Barbe-Bleue, Boulotte.

BARBE-BLEUE.

Demain, vous pourrez y lire... « Ci-gît Boulotte. »

BOULOTTE, effrayée.

Allons-nous-en!

Elle veut se sauver et se jette sur la porte du fond qu'elle trouve fermée.

BARBE-BLEUE, riant.

Vous en aller!... ah! ah!

BOULOTTE.

Ne riez pas ainsi, vous me faites peur!

BARBE-BLEUE.

Ah! vous comprenez, alors... Vous comprenez que vous allez mourir!

BOULOTTE.

Mourir... je ne veux pas!

BARBE-BLEUE, gentiment.

C'est bêbête! ce que vous dites-là. Je le sais bien que vous ne ne voulez pas... mais...

DUO.

BARBE-BLEUE, désignant le mausolée.

Vous avez vu ce monument,
Et lu les noms écrits sur ces sinistres pierres!
Cinq chambres sont déjà, dans cet appartement,
Prises par vos cinq devancières...
Mais la sixième est vide!

BOULOTTE.

Et vous voulez, seigneur,
M' fair' passer par la sixièm' chambre!

BARBE-BLEUE.

Vous êtes fine comme l'ambre...
Vous avez deviné!

BOULOTTE, passant à gauche.

Mourir!... c'est une horreur!...

BARBE-BLEUE, farouche *.

N'as-tu rien à te reprocher?...
Si tu voulais chercher,
Tu saurais découvrir
Pourquoi tu vas mourir!

BOULOTTE.

Une jeuness', mêm' la plus sage,
A toujours là quelqu' repentir.
J'en ai deux .. pas davantage.
Y a-t-il de quoi m'en fair' mourir?

COUPLETS.

I

Pierre, un beau jour, parvint à m' prendre.
Un p'tit baiser... j' devais crier...
J'en conviens, j'aurais dû m' défendre...
Mais j' savais pas... c'était l' premier!

BARBE-BLEUE.

Hé là!
Je ne savais pas ça.

BOULOTTE.

Ah! ah!
Vous ne saviez pas ça?...
J' croyais, moi, que j' mourais pour ça

II

Le s' cond, c'était l' coq du village,
Un enjôleur!... mais croyez bien
Qu' s'il n' m'avait pas promis l' mariage,
Il n'eût obtenu rien de rien!

BARBE-BLEUE.

Hé là!
Je ne savais pas ça.

* Boulotte, Barbe-Bleue.

BOULOTTE.

Ah! ah!
Vous ne saviez pas ça ?
J' croyais, moi, que j' mourais pour ça!

III

Bref, je l' confess', faut pas êtr' fière,
Quand on est en fac' de la mort,
Il fallait, pour que j' fuss' rosière,
Que la ros' fût tirée au sort!

BARBE-BLEUE.

Hé là!
Je ne savais pas ça.

BOULOTTE.

Ah! ah!
Vous ne saviez pas ça?
J' croyais, moi, que j' mourais pour ça.

BARBE-BLEUE.

Pour cette cause,
Ou pour autre chose,
Il faut en finir...
Et tu vas mourir!

BOULOTTE.

Comment, mourir ?

BARBE-BLEUE.

Il faut mourir!

BOULOTTE, passant à droite.

Pourquoi mourir?

BARBE-BLEUE *.

Parce que j'aime,
D'amour extrême,
Enfant naïve aux blonds cheveux,
Dont je prétends et dont je veux

* Barbe Bleue, Boulotte.

Faire ma septième !
Voilà le pourquoi.

BOULOTTE.

Comment, mourir ?

BARBE-BLEUE.

Tu vas mourir!

BOULOTTE.

Je n' veux pas, moi!

Parlé.

Mourir!...

Elle tombe à genoux.

BARBE-BLEUE

Mourir!...

BOULOTTE, suppliant.

Brigand, ma jeunesse,
Mes pleurs, ma faiblesse,
Devraient t'attendrir!..

Se relevant.

Entends ma prière,
Homme sanguinaire,
Je n' veux pas mourir!

BARBE-BLEUE, sans l'écouter.

Amours nouvelles!
Changer de belles,
Changer tous les huit jours!
Quoi qu'on en dise,
C'est ma devise!
Amours,
Courtes amours!

ENSEMBLE.

BOULOTTE.

Brigand, ma jeunesse,
Mes pleurs, ma faiblesse... etc

BARBE-BLEUE.

Amours nouvelles!
Changer de belles... etc.

BARBE-BLEUE.

Plus savoureuse que la pêche,
Plus pure qu'un jour de printemps,
Dans le palais du roi Bobèche,
Il est une enfant de seize ans!

BOULOTTE.

Tu voudrais l'épouser, peut-être?

BARBE-BLEUE, gaîment.

Oui, je veux me remarier.

BOULOTTE, furieuse.

Sacripant! lâche! fourbe! traître!

BARBE-BLEUE, tranquillement.

Vous avez le droit de crier.

Orage très-violent au dehors.

BOULOTTE, remontant.

Du ciel redoute la colère!

BARBE-BLEUE, passant à droite.

Le ciel... c'est mon affaire!

BOULOTTE, redescendant à gauche *.

Entends-tu le tonnerre?

BARBE-BLEUE.

Eh bien! je chanterai plus haut que le tonnerre!

* Boulotte, Barbe Bleue.

REPRISE DE L'ENSEMBLE.

BOULOTTE.

Brigand, ma jeunesse,
Mes pleurs, ma faiblesse... etc.

BARBE-BLEUE.

Amours nouvelles!
Changer de belles... etc.

A la fin de l'ensemble le tonnerre éclate et Popolani paraît, venant de la droite. — Il tient un flacon et un verre d'eau sucrée qu'il remue.

SCÈNE V

LES MÊMES, POPOLANI.

POPOLANI *.

Voilà la chose.

BOULOTTE, jetant un cri et tombant à genoux.

Ah!...

BARBE-BLEUE, à Boulotte.

Tu comprends?... Je vous laisse!... Dans cinq minutes je viendrai voir l'effet.

BOULOTTE, se traînant à ses pieds et se cramponnant à lui

Monseigneur!...

BARBE-BLEUE, la repoussant.

Dans cinq minutes! (Boulotte tombe lourdement sur ses mains. Barbe-Bleue se retournant tranquillement.) Vous vous êtes fait mal?

BOULOTTE, d'un ton naturel.

Vous êtes bien bon.

Barbe-Bleue sort par le fond.

* Boulotte, Barbe-Bleue, Popolani.

SCÈNE VI

BOULOTTE, POPOLANI.

BOULOTTE, se relevant.

Toi, tu ne me tueras pas!...

POPOLANI, tenant toujours le verre et la fiole.

Madame...

BOULOTTE.

Ne m'appelle pas madame... appelle-moi Boulotte, ta petite Boulotte !

POPOLANI, embarrassé.

Ma petite Boulotte...

BOULOTTE.

Ta petite Boulotte chérie... et rappelle-toi l'épisode des grands marronniers...

POPOLANI.

Ne parlons pas de ça.

BOULOTTE.

Parlons-en, au contraire.

POPOLANI.

Je ne me souviens pas... je ne veux pas me souvenir... et puis, d'ailleurs, vous feriez croire des choses... Il ne s'est rien passé de décisif...

BOULOTTE.

Parce que t'ai administré une de ces torgnoles... mais si je ne t'avais pas administré...

POPOLANI.

Ah! Boulotte!...

BOULOTTE.

Tu vois bien que tu ne peux pas me tuer.

POPOLANI.

Si je ne vous tuais pas, il nous tuerait tous les deux... Vous n'y gagneriez rien, et moi, j'y perdrais beaucoup.

BOULOTTE.

Mais c'est donc le démon ?

POPOLANI.

Non... ce n'est pas une mauvaise nature... mais c'est un homme qui a une manie... Rien à faire avec ces gens-là.

BOULOTTE.

Une manie ?... quelle manie ?...

POPOLANI.

Il a la manie de se remarier... alors, vous devez comprendre... Donc, hop-là!... hop-là!... dépêchons... dépêchons...

Il lui présente le verre et la fiole.

BOULOTTE.

Ainsi, tu auras le cœur...

POPOLANI.

De vous voir mourir ?... ma foi, non... aussi, voilà ce que j'ai fait... Écoutez... et tâchez de bien me comprendre... (*Montrant le verre.*) Voici un verre d'eau sucrée...

BOULOTTE, *répétant machinalement.*

Un verre d'eau sucrée...

POPOLANI.

Pas besoin de remuer... le sucre est fondu... Là, dans cette fiole, il y a du poison... Vous comprenez... du poison... Vous prendrez cette fiole... vous-même... et vous verserez dans le verre...

BOULOTTE, *comme hébétée.*

Moi ?...

POPOLANI.

Oui, vous-même...

BOULOTTE, de même.

Bien !... bien !...

POPOLANI.

Et puis, vous boirez.

BOULOTTE, de même.

Oui... oui... je boirai.

POPOLANI.

Moi, pendant ce temps-là, je tournerai le dos... je ne veux pas me mêler de tout ça... Vous avez compris?...

BOULOTTE.

Oui... oui... mais ça ne fait rien... répétez encore...

POPOLANI.

Là, verre d'eau sucrée...

BOULOTTE.

Pas besoin de remuer...

POPOLANI.

Sucre fondu...

BOULOTTE.

Ici, fiole...

POPOLANI.

Poison dans fiole...

BOULOTTE.

Dans fiole poison...

POPOLANI.

Ça revient au même... Vous, prendre fiole.

BOULOTTE.

Verser poison dans verre...

POPOLANI.

Moi, tourner le dos...

BOULOTTE.

Et pas regarder.

POPOLANI.

C'est ça même.

BOULOTTE, prenant le verre et la fiole.

Compris!... j'ai compris !...

Elle passe à droite.

POPOLANI *.

Nous y sommes cette fois?

BOULOTTE.

Nous y sommes. (Popolani tourne le dos. — Boulotte jette vivement ce qu'il y a dans la fiole et boit le verre d'eau sucrée.) Fait !... Ah ! fait !...

Elle met la fiole sur la table.

POPOLANI, se retournant.

Vous avez bu ?

BOULOTTE, ravie.

J'ai bu ! (Riant.) mais pas fiole !...

Elle lui montre le verre vide.

POPOLANI, riant plus fort.

Elles y ont toutes été prises!... Bécasse!...

BOULOTTE, interdite.

Comment?

POPOLANI.

Vous n'avez pas deviné que c'était le verre d'eau qui était le poison?

BOULOTTE, jetant un cri.

Ah!...

POPOLANI, riant.

La fiole, ce n'était rien du tout.

* Popolani, Boulotte.

BOULOTTE, jetant un second cri.

Ah!... (Elle laisse tomber le verre. — Avec anxiété.) Alors, ça y est?

POPOLANI *.

Sans doute... Est-ce que vous ne sentez pas?...

BOULOTTE.

Si fait... ça commence...

Elle passe à gauche.

BOULOTTE.

Holà! holà!
Ça me prend là!
Quel drôl' d'effet,
La mort me fait!

Elle va tomber sur le lit de repos.

POPOLANI.

Parfait! parfait!

BOULOTTE.

Ça, la mort, ça n'est pas possible!...
On souffre quand on doit mourir!

POPOLANI.

Je suis un chimiste sensible,
Mes poisons ne font pas souffrir.

BOULOTTE, étendue sur le lit.

Holà! holà!
Ça me prend là!
Quel drôl' d'effet
La mort me fait!

Elle meurt.

POPOLANI.

Allons... c'est fait!

Entre Barbe-Bleue par le fond.

* Boulotte, Popolani.

SCÈNE VII

BOULOTTE, POPOLANI, BARBE-BLEUE.

BARBE-BLEUE.

Eh bien?

POPOLANI.

C'est fini!
Elle est morte, la malheureuse!

BARBE-BLEUE, parlé.

Morte?...

POPOLANI.

Morte!

Barbe-Bleue va prendre à Boulotte son anneau nuptial.

BARBE-BLEUE, tranquillement *.

Je devrais avoir des remords...
Mais je n'en ai pas et je sors,
En chantant ma chanson joyeuse.

Il reprend son refrain.

Amour nouvelles!
Changer de belles,
Changer tous les huit jours!
Quoi qu'on en dise,
C'est ma devise!
Amours,
Courtes amours!

Il sort par le fond en chantant ce refrain qu'on l'entend continuer au dehors.

* Boulotte, Barbe-Bleue, Popolani.

SCÈNE VIII

BOULOTTE, POPOLANI.

Popolani regarde Boulotte étendue sur le lit; le refrain de la chanson de Barbe-Bleue se perd au loin.

POPOLANI.

Une justice à lui rendre, c'est qu'il prend tout ça gaîment!... Et puis, il a une jolie voix... Le voilà parti, et pour tout de bon cette fois... nous verrons s'il chantera demain! (Il revient vers Boulotte et la regarde.) Pauvre Boulotte! avec elle, ça me fait plus d'effet qu'avec les autres, parce que je la connais... Maintenant, un peu de physique amusante!... (Tout en parlant, il va chercher une petite machine électrique et la met sur la table.) C'est très-exact ce qu'elle me rappelait tout à l'heure!... l'épisode des grands marronniers... Elle était paysanne alors... moi, j'étais dans un de ces moments... où l'astrologue le plus endurci donnerait vingt comètes pour un baiser... et il est bien possible que, sans la torgnole qu'elle m'a en effet administrée... Pur badinage, d'ailleurs... nous avons ri... nous n'avons fait que rire... (Il prend le fil et va le mettre dans la main de Boulotte.) C'est de mon invention, ça... Vous allez voir l'effet!... (Regardant la main de Boulotte.) Jolie main... petite... toute petite... et cependant, sous les grands marronniers, grosse... très-grosse... énorme torgnole!... (Il embrasse Boulotte.) Là... ça va aller tout seul!... (Il retourne à sa machine, tire un grand foulard de sa poche, le déplie, l'étale sur la machine électrique, puis se mettant la tête sous le foulard, il observe Boulotte comme un photographe observerait un modèle; cela fait il se met à tourner sa machine, on entend un air de serinette.) Elle est à musique... c'est plus gai.

Boulotte commence à s'agiter sous le fluide

BOULOTTE, s'agitant.

Eh là!...

POPOLANI, tournant toujours.

Ne lâchez pas!...

BOULOTTE, s'agitant de plus en plus.

Eh là! eh là!...

POPOLANI.

Ça marche!... ça marche!...

Il tourne toujours.

BOULOTTE.

C'est bête!... finissez donc!...

POPOLANI.

Là, voyez-vous l'étincelle?... la voyez-vous?...

BOULOTTE.

Maman!... maman!...

POPOLANI.

Ne lâchez pas, on vous dit... (Tournant.) Pif!... paf!...

BOULOTTE, sautant à terre.

Qu'est-ce que c'est que ça?

POPOLANI.

C'est la vie!

BOULOTTE.

Vous avez dit?...

POPOLANI.

J'ai dit : c'est la vie!

BOULOTTE, éperdue.

La vie!...

POPOLANI.

Oui!... (Boulotte, qui tient toujours le cordon, le lui rend; tous deux éprouvent une violente secousse électrique.) Il en restait.

Il remet le cordon sur la machine.

BOULOTTE.

Je ne serais pas morte?...

POPOLANI.

Vous n'êtes pas morte !...

BOULOTTE, l'embrassant.

Popolani !...

POPOLANI.

Boulotte !...

BOULOTTE, qui a passé à droite *.

Mais ce que vous disiez tout à l'heure... poison dans verre...

POPOLANI.

Pas poison... narcotique... vous, pas morte... vous dormir.

BOULOTTE.

Dormir ?...

POPOLANI.

Oui, tout à l'heure dormir... réveillée maintenant par petite machine.

BOULOTTE.

C'est sérieux au moins?

POPOLANI.

Me croyez-vous homme à vous faire une pareille farce ?

BOULOTTE, avec joie.

Je ne suis pas morte, alors?... je ne suis pas morte ?...

POPOLANI.

Pas plus morte que les cinq autres femmes de Barbe-Bleue !

BOULOTTE.

Les autres femmes ?...

POPOLANI.

Vous avez cru qu'elles étaient...

BOULOTTE.

Oui... on le croit.

* Popolani, Boulotte.

POPOLANI.

On se trompe... Au fond, je suis le meilleur homme du monde... plein de cœur, Popolani, plein de cœur... et d'électricité!... Il y trois ans, le sire de Barbe-Bleue m'ordonna de tuer sa première femme... c'était Héloïse... Je fus humain... je me contentai de lui administrer une drogue qui ne la tua que pour une demi-heure. Quand elle revint à elle, je lui tins à peu près ce langage : « Ma petite chatte, entendons-nous bien... voulez-vous remourir, pour tout de bon cette fois, ou bien consentir à être gentille avec Popol... et à faire son petit besigue, comme Odette avec Charles VI?... »

BOULOTTE.

Vous lui avez dit ça?

POPOLANI.

Ce qu'il y a de flatteur, c'est qu'elle n'hésita pas.

BOULOTTE, avec transport.

Vivante!... je suis vivante!... Ah! que c'est bon la vie!... le chant des oiseaux!... le parfum des fleurs!... un premier repas le matin!... un deuxième à midi!... un troisième à deux heures!... un quatrième le soir!... Et, après ça, la danse sous les grands arbres!... Ah! la danse sous les grands arbres!... (Elle fait quelques pas de danse, puis s'arrête et dit tranquillement.) Continuez maintenant.

POPOLANI.

Au bout d'une année de... besigue, nouveau mariage de Barbe-Bleue, nouvelle femme à tuer... Les garder ici toutes les deux, c'était braver la colère de Barbe-Bleue... mais c'était humain!... ce fut l'humanité qui l'emporta!... Puis vint une troisième femme, une quatrième... une cinquième... Et toujours cette diablesse d'humanité!...

BOULOTTE, souriant.

Ah! ça, mais, dites donc, vous, vous êtes encore pas mal farceur.

POPOLANI, innocemment.

Comment?

BOULOTTE.

Ça vous fait cinq femmes?

POPOLANI.

Je suis humain!

BOULOTTE.

Je sais ce qui m'attend, alors... Vous allez me demander d'être gentille avec...

POPOLANI.

Si je vous le demandais?...

BOULOTTE.

Vous m'embarrasseriez beaucoup.

POPOLANI

Je ne vous le demande pas.

BOULOTTE, avec un étonnement mêlé d'un peu de dépit.

Ah bah!

POPOLANI.

Je suis résolu, ce soir même, à envoyer promener toute la boutique, et à aller aux pieds du roi dénoncer la conduite indélicate de mon maître.

BOULOTTE.

Vous irez seul?

POPOLANI.

Non pas... ses victimes viendront avec moi. Je comptais en emmener cinq, j'en emmènerai six, voilà tout.

BOULOTTE.

Eh bien! voulez-vous que je vous dise?...

POPOLANI.

Dites-moi.

BOULOTTE.

Ce que vous me proposez là me va mieux que ce que vous avez proposé à Héloïse.

POPOLANI.

Vous avez envie de vous venger?

BOULOTTE.

Oui... Et puis... peut-on savoir ce qu'il y a au fond du cœur des femmes... un autre sentiment peut-être... Il était superbe, le brigand!... il était superbe tout à l'heure, quand il chantait...

Chantant.

Amours nouvelles!...

POPOLANI, continuant et chantant horriblement faux.

Changer de belles!...

BOULOTTE.

Vous connaissez le motif.

POPOLANI.

Je crois bien!... c'est la sixième fois que je le lui entends chanter.

BOULOTTE.

C'est vrai... Et où sont-elles, ces cinq autres femmes?

POPOLANI, montrant le mausolée.

Là!

BOULOTTE.

Brrr!... ça ne doit pas être gai de vivre là-dedans!... Qu'est-ce qu'elles peuvent faire maintenant?

POPOLANI.

Elles vous attendent.

BOULOTTE.

Comment, elles m'attendent?

POPOLANI.

Mais oui... Tout à l'heure elles ont entendu le cor de leur... de votre mari, et elles savent bien que, lorsque le sire de Barbe-Bleue vientici, il faut ajouter un couvert.

BOULOTTE.

Et quand les verrai-je?

POPOLANI.

Mais tout de suite, si vous voulez!

Il va pousser un bouton placé dans le mur du fond à gauche, puis passe à droite.

SCÈNE IX

LES MÊMES, LES CINQ FEMMES.

La porte du tombeau s'ouvre et laisse voir l'intérieur du monument, c'est un boudoir décoré et meublé avec un grand luxe ; fleurs, candélabres, table servie, et autour de cette table, les cinq femmes debout le verre à la main.

FINALE.

LES CINQ FEMMES *.

Salut à toi, sixième femme
De l'homme aux rapides amours!

Elles descendent en scène.

BOULOTTE.

Et quand on songe que l'infâme
Avait juré d' m'aimer toujours!

LES FEMMES.

Salut à toi, très-noble dame,
Femme aux harmonieux contours!
Salut à toi, sixième femme,
De l'homme aux rapides amours!

BOULOTTE, passant au milieu, ainsi que Popolani **.

Oui, bien rapides, car l'infâme,
Ne m'a donné que mes huit jours!

HÉLOÏSE.

Huit jours!... c'est peu; sans compliments...
Nous avons duré plus longtemps.

* Éléonore, Isaure, Héloïse, Blanche, Rosalinde, Boulotte, Popolani.
** Éléonore, Isaure, Héloïse, Boulotte, Popolani, Blanche, Rosalinde.

COUPLETS.

I

C'est moi, jadis, qui la première,
Entrai dans ce boudoir fatal!
Et pendant une année entière,
Il me dorlota, l'animal!
Maintenant, n, i, ni,
Fini!
Il me reste Popolani!

POPOLANI.

Il vous reste Popolani!

HÉLOÏSE.

Toujours, toujours, Popolani!

TOUTES.

Toujours, toujours, Popolani!

ÉLÉONORE.

II

J'ai fait ma part dans cet orchestre,
Car la deuxième, ce fut moi!

ISAURE.

Moi, je n'ai duré qu'un trimestre.
Quatre-vingt-dix jours... après quoi...

ÉLÉONORE.

Maintenant, n, i, ni,
Fini!

ISAURE.

Il nous reste Popolani!

POPOLANI.

Il vous reste Popolani!

HÉLOÏSE.

Toujours, toujours, Popolani!

TOUTES.

Toujours, toujours Popolani!

ROSALINDE.

III

Je m'élançai dans la carrière,
A mon tour de mon pied léger.

BLANCHE.

Je n'eus qu'un mois, un seul, ma chère,
Et je tombai sur février.

ROSALINDE.

Maintenant, n, i, ni,
Fini!

BLANCHE.

Il nous reste Popolani!

POPOLANI.

Il vous reste Popolani!

HÉLOÏSE.

Toujours, toujours, Popolani!

TOUTES.

Toujours, toujours, Popolani!

POPOLANI, passant près d'Héloïse *

C'est ainsi, mes petites chattes,
Que vous traitez Popolani?
Allez, vous êtes des ingrates!
Mais je suis bon prince aujourd'hui.
Pour répondre à cette romance,
Où vous m'avez fort maltraité,
Je vous offre, moi, la vengeance,
Je vous offre la liberté!

TOUTES.

La vengeance?

BOULOTTE.

Oui, la vengeance?
Avec la liberté!

Eléonore, Isaure, Héloïse, Popolani, Boulotte, Blanche, Rosalinde.

POPOLANI.

La vengeance!

TOUTES.

Ah ! la vengeance,
Avec la liberté!

BOULOTTE.

COUPLETS.

I

Mortes, sortez de vos tombeaux,
Pour revivre!
Il faut quitter ces noirs caveaux,
Et me suivre!
Mortes, sortez de vos tombeaux,
Pour revivre!
Vive la gaîté,
La liberté!
Le cri de guerre sera
Vengeance!
Et le traître recevra,
Sa danse!

TOUTES.

Mortes, sortons de nos tombeaux,
Pour revivre!
Vive la gaîté,
La liberté!

BOULOTTE.

Partons! mais toutes,
Avant de partir, lançons,
A ces sombres voûtes,
Nos plus joyeuses chansons!

TOUTES.

Partons! mais toutes, etc.

BOULOTTE.

II

Sortons d'ici, rentrons gaîment,
Dans le monde;

Et donnons-nous de l'agrément,
A la ronde!
Sortons d'ici, rentrons galment,
Dans le monde!
Un joli garçon,
C'est ça qu'est bon!
Tout ce qu'un cœur de vingt ans
Adore,
Nous l'aurons, chères enfants,
Encore!

TOUTES.

Sortons d'ici, rentrons galment,
Dans le monde!
Vive la gaîté
La liberté.

BOULOTTE.

Partons! mais toutes!
Avant de partir, lançons,
A ces sombres voûtes,
Nos plus joyeuses chansons!

TOUTES.

Partons! oui, partons!

Sur la ritournelle, Popolani va ouvrir la porte du fond et, du geste, invite les femmes à le suivre. Celles-ci, folles de joie, se disposent à partir. le rideau tombe.

ACTE TROISIÈME

Dans le palais du roi Bobèche, grande salle très-riche brillamment éclairée pour une fête. — Statues portant des girandoles. — A droite, sur le devant, un canapé. — Au fond, une grande baie, qui laisse apercevoir une chapelle gothique dont le portail et les vitraux sont éclairés.

SCÈNE PREMIÈRE

LE PRINCE, LE COMTE, BOBÈCHE, CLÉMENTINE, LA PRINCESSE, COURTISANS, DAMES, PAGES, puis BARBE-BLEUE.

Le prince et la princesse sont en habits de noce. Minuit sonne lentement au lever du rideau.

CHŒUR, après chaque coup de minuit.

Une, deux, trois, quatre, cinq, six, sept, huit,
Neuf, dix, onze, douze!...
Suivons l'époux, suivons l'épouse,
Il est minuit.

Cloches au dehors. — Les deux fiancés se rapprochent l'un de l'autre.

SAPHIR, à la princesse *.

Venez, ma belle, à la chapelle,
La cloche gaîment nous appelle.

* Le comte, Bobèche, Saphir, la princesse, Clémentine.

LE COMTE, consultant son carnet, parlé.

Cantate, n° 22!

CHŒUR GÉNÉRAL.

Hyménée! hyménée!
O la belle journée!
Qu'ils soient heureux longtemps,
Ces deux beaux jeunes gens!
Hyménée! hyménée!

Le cortége se dirige vers le fond, Saphir et la princesse en tête, quand paraît Barbe-Bleue.

BARBE-BLEUE.

Arrêtez! arrêtez!

Tout le monde redescend.

BOBÈCHE ET SAPHIR *.

Pourquoi donc s'arrêter?

BARBE-BLEUE.

Vous le saurez, messire...
J'ai quelques mots à dire,
Que vous ferez bien d'écouter,

BOBÈCHE.

Quoi! sitôt de retour?

CLÉMENTINE.

Et vous reparaissez tout seul à notre cour?

BARBE-BLEUE, avec beaucoup de tristesse.

Madame! ah! madame!
Plaignez mon tourment!...
J'ai perdu ma femme,
Bien subitement!

Mouvement général.

* Le comte, Saphir, Bobèche, Barbe-Bleue, Clémentine, la princesse.

Sur sa haquenée
Elle allait trottant,
De sa destinée,
Point ne se doutant!...
La nuit était belle,
Le bois était noir...
« Ah! me disait-elle,
» Qu'il fait bon ce soir! »
Femme que j'adore,
Là-bas je te vois,
Et je crois encore
Être dans ce bois,
Où, d'une voix forte,
Tu poussas un cri,
Disant, je suis morte!...
Et ce fut fini!

Avec beaucoup moins de tristesse.

C'est un coup bien rude,
Rude à recevoir,
Malgré l'habitude,
Qu'on en peut avoir!
Je lui ferai faire,
Un beau monument...
Mais sur cette affaire
Glissons à présent!
Allons, soyons homme!...
Chacun est mortel!
La défunte, en somme,
Est heureuse au ciel!
Mais moi... moi, je reste!
Me revoilà veuf...
Cet état funeste
Pour moi n'est pas neuf!
Quand, du fond de l'âme,
Je crierais, hélas!
A quoi bon?... ma femme
Ne renaîtrait pas.

Avec beaucoup de gaîté.

Donc, cueillons des roses
Un peu de gaîté
Et prenons les choses,
Par leur bon côté!
Foin de la tristesse!
Vive le plaisir!
La seule sagesse
Est de s'esbaudir!
L'amour, c'est la vie!
La vie est un bal!
Vive la folie,
Et le carnaval!

A Bobèche.

Or, ta fille est belle,
Et je viens soudain,
De ma demoiselle,
Demander la main.

Etonnement général.

BOBÈCHE.

Ne sais si je dors ou je veille!
Comprend-on audace pareille!
Vous, la main de ma fille!...

BARBE-BLEUE.

Oui, tels sont mes souhaits.

BOBÈCHE.

Jamais!

LA PRINCESSE.

Jamais!

CLÉMENTINE ET LE CHŒUR.

Jamais!

BARBE-BLEUE.

COUPLETS.

I

J'ai, pas bien loin, dans la montagne,
Un petit gros de cavaliers,

Plus dix obusiers de campagne,
Servis par mes fiers canonniers,
Force artilleurs,
Et tirailleurs!

TOUS.

Que c'est comme un bouquet de fleurs.

BARBE-BLEUE.

II

J'ai des gens portant hallebardes,
J'ai des gens portant mousquetons,
J'ai le régiment de mes gardes,
J'ai mes lanciers et mes dragons,
Mes éclaireurs,
Et mes sapeurs!

TOUS.

Que c'est comme un bouquet de fleurs!

BARBE-BLEUE.

Bref, mes chers seigneurs, refusez,
Et vous serez pulvérisés!
Je vous tiens dans ma main!

LE COMTE, bas à Bobèche et à Saphir

Ce n'est que trop certain.

BOBÈCHE.

Hélas!
Qui nous tirera d'embarras?

SAPHIR, à Bobèche.

Moi, si vous voulez.

BOBÈCHE.

Je veux bien.
Jeune homme, quel est ton moyen?

SAPHIR, allant à Barbe-Bleue *.

Pour t'arracher ma douce amie,

* Le comte, Bobèche, Saphir, Barbe-Bleue, Clémentine, la princesse.

A toi, félon, j'adresse ce cartel,
Et sous ses yeux, je te défie,
Non dans un vain tournoi, mais au combat mortel.

Le comte remonte et va prendre deux épées de la main d'un page.

BOBÈCHE, *gaîment* *.

Un duel! un duel!
C'est charmant! ça va nous distraire!

SAPHIR, *à Barbe-Bleue.*

Acceptes-tu?

BARBE-BLEUE.

J'accepte, téméraire.

Le comte leur remet à chacun une épée et retourne à la droite de Bobèche

BOBÈCHE, *toujours gaîment.*

Tout est pour le mieux, battez-vous;
Le vainqueur sera son époux!

BARBE-BLEUE ET SAPHIR.

Le ciel juge entre nous!

LE CHŒUR.

Le ciel juge entre vous!

BOBÈCHE, *au comte.*

Nous, prudemment, éloignons-nous,
Pour ne pas attraper de coups.

Ils se retirent à gauche.

CLÉMENTINE, *à sa fille.*

Nous, mon enfant, prions pour eux!

Elles se retirent à droite.

BOBÈCHE, *à Saphir et à Barbe-Bleue* **.

Et maintenant, allez, messieurs!

Le combat commence

* Bobèche, Saphir, le comte, Barbe-Bleue, Clémentine, la princesse.
** Le comte, Bobèche, Saphir, Barbe-Bleue, Clémentine, la princesse.

LE CHŒUR, excitant les combattants.

Kiss! kiss! kiss! kiss!
En quarte, en tierce,
Qu'on se transperce!
De par l'enfer
Battez ce fer!
Belle estocade!
Belle parade!
Bien attaqué!
Bien répliqué!
Kiss! kiss! kiss! kiss!

LA PRINCESSE ET CLÉMENTINE, à part.

Le ciel protége son/mon amant!

BOBÈCHE, ravi.

Ce spectacle est vraiment charmant!

LE CHŒUR *.

Kiss! kiss! kiss! kiss!
Leurs deux épées
Sont bien trempées;
Dégagements
Et froissements,
Seconde et prime...
Vive l'escrime!
Qu'ils sont malins,
Ces spadassins!
Kiss! kiss! kiss! kiss!

Pendant le duel les pages font circuler des rafraîchissements.

BARBE-BLEUE, avec un grand cri.

Ah! les gendarmes!

SAPHIR, se retournant vers la droite.

Les gendarmes!

Il tombe frappé par Barbe-Bleue, on le relève et on l'étend sur le canapé; la princesse et Clémentine s'empressent auprès de lui, Bobèche passe près de Clémentine.

* Le comte, Bobèche, Barbe-Bleue, Saphir, Clémentine, la princesse.

BARBE-BLEUE, froidement.

C'est un coup que m'apprit jadis mon maître d'armes!

Il essuie son épée.

LE COMTE *.

Ah! saperlotte!
La belle botte!

LA PRINCESSE, désolée.

Mon amant est mort! ah! malheur!

Elle se jette sur le corps du prince Saphir.

BARBE-BLEUE, à Bobèche.

O roi, tu tiendras ta promesse!

BOBÈCHE.

Sans doute, à toi la princesse!
Je te donne sa main, demande-lui son cœur.

LA PRINCESSE, examinant Saphir.

Mais où diable a-t-il donc reçu le coup mortel?

BARBE-BLEUE, à la princesse penchée sur Saphir.

Relevez-vous, princesse, et volons à l'autel!

Les cloches se remettent à sonner, Clémentine arrache sa fille du corps de Saphir et la fait passer près de Barbe-Bleue qui lui prend la main.

BOBÈCHE **.

Et vous, messieurs les courtisans,
Reprenez vos rangs
Et vos chants,
Car de plus belle, à la chapelle
La cloche gaîment nous appelle!

LE CHŒUR.

La cloche gaîment nous appelle!

* Le comte, Barbe-Bleue, Bobèche, Clémentine, la princesse, Saphir.
** Le comte, Bobèche, Barbe-Bleue, la princesse, Clémentine, Saphir.

LE COMTE, parlé.

Reprise de la cantate, nº 22.

LE CHŒUR.

Hyménée! hyménée!
O la belle journée! etc.

Le cortège se reforme, Barbe-Bleue entraîne la princesse à moitié évanouie, tout le monde sort par le fond, excepté le comte Oscar.

SCÈNE II

LE COMTE, SAPHIR, étendu sur le canapé, puis UN PAGE, puis POPOLANI.

LE COMTE, seul, regardant Saphir.

O prince infortuné!... à quoi cela lui a-t-il servi d'être jeune, d'être beau, d'être aimé?... Mais qu'est-ce que ça me fait après tout?... Est-ce que nous autres, hommes politiques, nous avons le temps de pleurer?...

Un page entre de la gauche et lui remet un billet.

LE COMTE*, après avoir lu le billet.

Où est l'homme qui t'a remis ce billet?

LE PAGE, montrant la gauche.

Il est là.

LE COMTE.

Qu'il vienne!...

LE PAGE.

Le voici.

Il sort après l'entrée de Popolani, qui arrive de la gauche déguisé en bohémien; il traverse la scène, en dansant et en agitant un tambour de basque. A partir de l'entrée de Popolani, cette scène doit être jouée d'un ton haletant et précipité.

LE COMTE**.

Un bohémien!...

* Le page, le comte, Saphir.
** Le comte, Popolani, Saphir.

POPOLANI.

Non, un suppliant.

LE COMTE.

Popolani!

POPOLANI.

Monseigneur...

LE COMTE.

C'est à l'ami que tu parles.

POPOLANI.

C'est à l'ami que j'ai besoin de parler.

LE COMTE.

Ça se trouve bien.

POPOLANI.

J'en ai assez, j'en ai assez!...

LE COMTE.

Explique-toi plus clairement.

POPOLANI.

Mais cet homme, il peut nous entendre.

Il désigne le prince Saphir qui est étendu sur le canapé

LE COMTE.

Je l'en défie.

POPOLANI.

Il est sourd?

LE COMTE.

Non, il est mort.

POPOLANI, *tranquillement.*

Ah! alors... Il y a une heure, il est venu à ma tour.

LE COMTE.

Le sire de Barbe-Bleue?

POPOLANI.

Oui.

LE COMTE.

Avec sa femme?

POPOLANI.

Avec Boulotte, et il m'a dit...

LE COMTE.

Il faut qu'elle meure!

POPOLANI.

Vous le saviez?

LE COMTE.

Je m'en doutais, car maintenant...

POPOLANI.

Maintenant?...

LE COMTE.

A l'autel...

POPOLANI.

Il en épouse?...

LE COMTE.

Une autre!

POPOLANI.

Horreur! horreur!

Il agite son tambour de basque.

LE COMTE.

Tais-toi donc!

POPOLANI.

J'obéis.

LE COMTE.

Et dis-moi pourquoi tu as un tambour de basque?...

POPOLANI.

Tout à l'heure, tout à l'heure... Cette femme, je ne l'ai pas tuée !...

LE COMTE.

Que me dis-tu ?

POPOLANI.

Pas plus que je n'avais tué les cinq autres.

LE COMTE.

Alors, les six femmes de Barbe-Bleue ?...

POPOLANI.

Vivantes... on ne peut plus vivantes !

LE COMTE.

Et lui ?...

POPOLANI.

Polygame... on ne peut plus polygame !...

LE COMTE.

Et tu veux ?...

POPOLANI.

Me jeter aux pieds du roi et lui présenter ces six infortunées.

LE COMTE.

Aux pieds du roi ?

POPOLANI.

Oui, il jugera Barbe-Bleue.

LE COMTE.

Et qui donc jugera le roi ?

POPOLANI.

Que dites-vous ? Prenez garde !

LE COMTE.

A mon tour !... à mon tour !... (Popolani lui donne le tambour de basque, il l'agite violemment et le lui rend.) Si tu as tes remords, moi aussi, j'ai les miens !

POPOLANI.

Qui est-ce qui n'en a pas?...

LE COMTE.

Moi aussi, j'ai sur la conscience...

POPOLANI

Vous me faites peur!

LE COMTE.

Il faut en finir!... Prends cette clef.

Il lui donne une petite clef.

POPOLANI.

Tachée de sang!...

LE COMTE.

Pourquoi ça?

POPOLANI.

Je pensais...

LE COMTE.

Tu avais tort... Tu vas entrer dans le caveau dont cette clef ouvre la porte...

POPOLANI.

Où ça, ce caveau?

LE COMTE.

Tu le trouveras.

POPOLANI.

Bien!

LE COMTE.

Dans ce caveau, tu verras cinq hommes...

POPOLANI.

Horreur! horreur!

Il agite son tambour de basque.

LE COMTE.

Tais-toi donc!

POPOLANI.

J'obéis.

LE COMTE.

Et dis-moi donc pourquoi tu as un tambour de basque.

POPOLANI.

Afin de pouvoir pénétrer...

LE COMTE.

Dans ce palais...

POPOLANI.

Sans exciter...

LE COMTE.

De soupçons!...

POPOLANI.

J'ai dit aux six malheureuses de revêtir un costume de bohémiennes...

LE COMTE.

Et tu t'es toi-même déguisé...

POPOLANI.

En bohémien!...

LE COMTE.

Je comprends... les cinq hommes...

POPOLANI.

Quels cinq hommes?...

LE COMTE.

Ceux du caveau.

POPOLANI.

Ah! bien!

LE COMTE.

Tu les crois morts?

POPOLANI.

Mettez-vous à ma place.

LE COMTE.

Je le veux bien. (Ils changent très-tranquillement de place et continuent aussitôt du même ton.) Ils ne le sont pas, morts!

POPOLANI *.

Allons! tant mieux!

LE COMTE.

Tu leur diras de te suivre, et tu iras chez le costumier du palais.

POPOLANI.

Et je lui demanderai cinq costumes

LE COMTE.

De bohémiens...

POPOLANI.

J'en étais sûr... mais consentira-t-il?...

LE COMTE, lui donnant un papier.

Voici l'ordre.

POPOLANI.

Oh! avec ce papier... (Il agite son tambour de basque.) Mais...

LE COMTE.

Qu'as-tu encore?

POPOLANI.

Une chose m'afflige.

LE COMTE.

Laquelle?

POPOLANI.

J'aurai six bohémiennes et seulement cinq bohémiens.

LE COMTE, reculant abîmé dans ses réflexions.

C'est vrai!... c'est vrai!...

Il se laisse tomber sur le canapé et s'assied sur le prince Saphir.

* Popolani, le comte, Saphir.

SAPHIR, jetant un cri.

Ah !

LE COMTE, bondissant.

Qu'est-ce que c'est que ça?

SAPHIR, se mettant sur son séant.

C'est moi!

Il se lève tout à fait.

POPOLANI, au comte.

Pas mort, il parait?

LE COMTE.

Il parait.

POPOLANI.

Vous m'aviez trompé.

LE COMTE.

Je ne savais pas.

SAPHIR, se tâtant.

Non, pas mort, décidément!

LE COMTE.

Blessé, au moins?

SAPHIR, se tâtant de nouveau.

Blessé, peut-être?... non, pas blessé!

LE COMTE.

Tombé pourtant?...

SAPHIR.

Oui, tombé!

LE COMTE.

L'émotion?

SAPHIR

Pas autre chose!

LE COMTE.

Sauvé alors?...

SAPHIR.

Sauvé!

TOUS TROIS.

Sauvé!... sauvé!... (Popolani agite son tambour de basque avec frénésie.) Horreur! horreur!

SAPHIR.

Mais la princesse?...

LE COMTE.

En train de se marier...

SAPHIR.

Ah! j'empêcherai!...

Il veut s'élancer.

LE COMTE, l'arrêtant.

J'ai mieux que ça à vous proposer.

SAPHIR.

Quoi?

LE COMTE, montrant Popolani.

Suivez cet homme.

SAPHIR.

Pourquoi faire?

LE COMTE.

Pour vous venger!

SAPHIR.

Je le suivrai!

LE COMTE, à Popolani.

Tu m'as compris.

POPOLANI.

Parfaitement... le sixième bohémien...

LE COMTE.

Ce sera lui! Tu sais où tu vas?...

POPOLANI.

Pas du tout.

LE COMTE.

Dans un instant, j'irai t'y rejoindre, et je te donnerai des instructions plus détaillées.

POPOLANI.

Courons, alors!

Il agite son tambour de basque.

SAPHIR.

Courons, courons!

Sortent par la gauche, Popolani et le prince Saphir.

LE COMTE, *seul.*

Voilà une partie vigoureusement engagée!... où tout cela nous mènera-t-il?... je l'ignore absolument... mais qu'importe?... c'est en ne sachant jamais où j'allais moi-même que je suis arrivé à conduire les autres!...

Le cortége du mariage rentre par le fond. — Barbe-Bleue donne la main à la princesse.

SCÈNE III

CLÉMENTINE, LA PRINCESSE, BARBE-BLEUE, BOBÈCHE, LE COMTE, COURTISANS, DAMES DE LA COUR, PAGES.

LE CHŒUR.

Hyménée! hyménée!
O la belle journée!
Qu'ils soient heureux longtemps,
Ces deux beaux jeunes gens!
Hyménée! hyménée!

Sur le devant de la scène, la princesse accablée dans les bras de sa mère.

LE COMTE, à Bobèche.

Eh bien ! mon roi, c'est fait?...

BOBÈCHE.

Mon Dieu, oui! voilà une affaire terminée... mais, il faut en convenir... la cérémonie a manqué de gaîté, et maintenant encore... regarde...

Il lui montre Clémentine et sa fille.

LA PRINCESSE, à sa mère.

Perdue! ô ma mère, perdue!

CLÉMENTINE.

Mon enfant!... mon enfant!...

BARBE-BLEUE.

Dites donc, Bobèche?...

BOBÈCHE, venant à lui.

Qu'est-ce que c'est?

BARBE-BLEUE.

Regardez un peu... votre femme et la mienne... Et toute la cour qui voit ça!... il faudrait tâcher de détourner l'attention...

BOBÈCHE.

Mais comment?...

BARBE-BLEUE.

Comme vous voudrez...

LE COMTE, s'approchant.

Il y aurait un moyen peut-être...

BOBÈCHE.

Lequel? parlez...

LE COMTE.

Il vient d'arriver au palais une troupe de bohémiens...

BOBÈCHE.

Et qu'est-ce qu'ils font, ces bohémiens?

LE COMTE.

Que voulez-vous que fassent des bohémiens?... Ils chantent et disent la bonne aventure.

BOBÈCHE.

J'aime assez, moi, me faire dire ma bonne aventure... je n'y crois pas, mais ça me fait une peur.

LE COMTE.

Alors, si Votre Majesté daignait permettre?...

BOBÈCHE.

Certainement; faites-les venir.

BARBE-BLEUE.

Et dépêchez-vous.

LE COMTE, avec intention.

Soyez tranquille, monseigneur, je vais ordonner qu'on les amène.

Il sort par le fond.

SCÈNE IV

CLÉMENTINE, LA PRINCESSE, BARBE-BLEUE, BOBÈCHE, COURTISANS, DAMES DE LA COUR, PAGES.

CLÉMENTINE, à la princesse, la prenant à part.

Écoute, mon enfant... Tu vas aller trouver ton mari, et tu lui diras ces simples mots : jamais, monsieur, jamais!... il comprendra.

LA PRINCESSE, bas.

Mais, moi, je ne comprends pas.

CLÉMENTINE, bas.

Je l'espère bien!... va, mon enfant.

LA PRINCESSE, allant à Barbe-Bleue.

Seigneur?...

BARBE-BLEUE, empressé.

Ma douce fiancée ?...

LA PRINCESSE.

Jamais, jamais, jamais !...

BARBE-BLEUE, stupéfait.

Pardon... vous avez dit ?

LA PRINCESSE.

J'ai dit : Jamais, jamais !

Elle retourne vers sa mère.

BARBE-BLEUE.

Ah bien ! par exemple ! Dites donc, Bobèche...

BOBÈCHE, s'approchant et avec humeur.

Ne m'appelez donc pas Bobèche !...

BARBE-BLEUE.

Puisque c'est votre nom.

BOBÈCHE.

Je suis en instance pour en changer.

BARBE-BLEUE.

Eh bien ! Bobèche, savez-vous ce que votre fille vient de me dire ?... Elle m'a dit : Jamais ! jamais !

BOBÈCHE, appelant.

Ma fille ?

LA PRINCESSE.

Papa ?...

BOBÈCHE.

Viens ça. (La princesse s'approche.) Qui est-ce qui t'a dit de dire ça au monsieur ?

LA PRINCESSE.

C'est maman.

BOBÈCHE, appelant.

Titine ?...

CLÉMENTINE, s'approchant.

Bébèche?...

BOBÈCHE.

Comment, madame, c'est vous ?...

CLÉMENTINE.

Oui, monsieur... et plût à Dieu qu'il fût encore temps de vous le dire à vous !...

BOBÈCHE, furieux.

Madame !...

CLÉMENTINE.

Eh bien ! après?...

BOBÈCHE, menaçant.

Ah ! si je ne me retenais !...

CLÉMENTINE.

Venez-y donc, un peu !

BOBÈCHE.

Il ne faudrait pas m'en défier !

CLÉMENTINE.

Eh bien ! je vous en défie !

BARBE-BLEUE, bas.

Et toute la cour qui vous regarde, Bobèche !... et toute la cour qui vous regarde !

Pendant ces quelques répliques, ils sont groupés tous les quatre, toute la cour faisant cercle autour d'eux.

BOBÈCHE, bas.

Saperlotte !... c'est vrai !... Réservons ça pour la prochaine scène intime.

BARBE-BLEUE, bas.

Oui... plus tard... en famille...

Bruit de tambour de basque en dehors.

LE COMTE, rentrant par le fond.

Voici les bohémiens !

Bobèche, Clémentine, Barbe-Bleue, la princesse et le comte Oscar, gagnent la droite. — Entrent par le fond, amenés par Popolani masqué, six bohémiens et six bohémiennes également masqués. — Les six bohémiens sont : Le prince Saphir, Alvarez et quatre seigneurs de la cour. — Les bohémiennes sont : Boulotte et les cinq premières femmes de Barbe-Bleue. — Les bohémiens et bohémiennes descendent sur deux rangs, face au public; les bohémiennes devant, le premier des bohémiens à droite est Saphir; le deuxième, Alvarez.

SCÈNE V

LE COMTE, POPOLANI, BARBE-BLEUE, BOULOTTE, BOBÈCHE, CLÉMENTINE, LA PRINCESSE, SAPHIR, ALVAREZ, BOHÉMIENS ET BOHÉMIENNES.

L'entrée des bohémiens se fait sur le chœur, en dansant.

CHŒUR DES BOHÉMIENS *.

Nous arrivons à l'instant même,
Du joli pays de Bohême.
Écoutez bien, nobles seigneurs,
Les chanteuses et les chanteurs.

CHŒUR.

Ils arrivent à l'instant même,
Du joli pays de Bohême.
Écoutons bien, dames, seigneurs,
Les chanteuses et les chanteurs.

BOBÈCHE, à Boulotte.

Chantez, pour amuser ma cour,
Refrain de guerre ou bien d'amour.

* Popolani, Blanche, Rosalinde, Éléonore, Isaure, Héloïse, Boulotte, Barbe-Bleue, Bobèche, Clémentine, la princesse, Saphir, le comte.

BOULOTTE.

BALLADE.

I

Nous possédons l'art merveilleux,
Nous, filles de Bohême,
De découvrir à tous les yeux,
Jusqu'à l'avenir même!
De nos chansons,
De nos leçons
Ne perdez rien,
Écoutez bien.
Votre main dans la mienne,
Et foi de bohémienne,
Bientôt vous en saurez,
Plus que vous ne voudrez.
Nous allons voir pleurer tous ceux,
Que l'on voit si joyeux!
Rire aujourd'hui, pleurer demain,
C'est la loi du destin!

LE CHŒUR.

Rire aujourd'hui, pleurer demain,
C'est la loi du destin!

BOULOTTE.

II

Il est souvent au fond des cœurs,
Des secrets redoutables!
Des gens qu'ont fait un tas d'horreur,
Se croient invulnérables.
Mais le destin,
Ce vieux malin,
A l'œil sur eux,
Les malheureux!
Aussi, je les engage,
A s'armer de courage;

Ils vont passer maint'nant
Un quart d'heure embêtant!
Nous allons voir pleurer tous ceux,
Que l'on voit si joyeux!
Rire aujourd'hui, pleurer demain,
C'est la loi du destin!

LE CHŒUR.

Rire aujourd'hui, pleurer demain,
C'est la loi du destin!

Les bohémiens et les bohémiennes vont se placer, les femmes à gauche, les hommes à droite, sur un seul rang. — Pendant la dernière reprise, Barbe-Bleue a gagné la gauche, en passant derrière les bohémiens.

BOBÈCHE *.

Et maintenant, commençons sans perdre une minute... La bonne aventure, ô gué, la bonne aventure!

BOULOTTE, à Bobèche.

A tout seigneur, tout honneur! votre main, roi Bobèche?

BOBÈCHE, lui donnant sa main.

La voici.

Musique à l'orchestre.

BOULOTTE.

Combien de doigts à cette main?

BOBÈCHE, étonné.

Combien de doigts?

BOULOTTE.

Oui, combien?

BOBÈCHE.

Cinq... je crois...

* Les bohémiennes, Popolani, Barbe-Bleue, Boulotte, Bobèche, les bohémiens. Clémentine, Saphir, la princesse.

BOULOTTE.

Cinq... vous l'avouez...

BOBÈCHE, à part.

Voilà que je commence à avoir peur... mais ça m'intéresse.

BOULOTTE.

Cinq... et si chaque fois que vous avez dit au comte Oscar...

BOBÈCHE.

Comte Oscar...

BOULOTTE.

« Cet homme doit mourir !... » Si chaque fois que vous avez dit cela, il vous était tombé un doigt, n'est-ce pas qu'aujourd'hui vous seriez diablement embarrassé pour tenir votre royale fourchette?...

BOBÈCHE, à part, retirant sa main.

Cette femme!... cette femme!...

POPOLANI.

A qui le tour, maintenant, à qui le tour ?

BOULOTTE, à Barbe-Bleue qui s'approche d'elle.

A vous, messire, si vous le voulez !

BARBE-BLEUE, donnant sa main à Boulotte.

Je ne demande pas mieux.

BOULOTTE, regardant la main.

Une jolie bague à votre main...

BARBE-BLEUE.

Simple... mais de bon goût.

BOULOTTE.

Mais pourquoi du sang sur cette bague ?... Pourquoi du sang?...

BARBE-BLEUE.

Du sang?...

BOULOTTE.

Vous ne le savez pas?... je vais vous le dire... c'est parce qu'il y a une heure, cette bague était au doigt de la malheureuse Boulotte, et que la malheureuse Boulotte est morte empoisonnée!...

Mouvement général.

BARBE-BLEUE, retirant sa main.

Holà, sorcière !

BOULOTTE.

Voilà pourquoi il y a du sang sur cette bague !

TOUS.

Horreur!... horreur!...

Les bohémiens agitent avec fureur leurs tambours de basque.

BOBÈCHE.

Mais qu'est-ce que c'est que ces gens-là ?

BARBE-BLEUE.

Faites-les chasser, Bobèche !

BOULOTTE.

Ah ! ah !... vous commencez à avoir peur, mes maîtres!... Et vous avez raison... car, s'il y a des morts qui se portent bien... il y a en revanche, des vivants qui sont bien malades!

Elle pince Barbe-Bleue.

BARBE-BLEUE.

Aïe...

BOULOTTE, aux bohémiens.

Bas les masques, maintenant, bas les masques!...

Tous les masques tombent. — Reconnaissance générale.

BARBE-BLEUE, stupéfié.

Elles!...

BOBÈCHE, de même.

Eux!...

LES SIX FEMMES, s'avançant sur Barbe-Bleue et le menaçant.

Monstre!...

BARBE-BLEUE.

Mes six femmes!

BOBÈCHE, voyant Alvarez qui vient de descendre à sa gauche.

Alvarez!...

ALVAREZ.

Méchant!... qu'est-ce que je vous avais fait?...

CLÉMENTINE, à Alvarez.

Vous recevrez un dédommagement.

Alvarez regagne sa place.

BOBÈCHE.

Alvarez et ses quatre prédécesseurs!...

LA PRINCESSE, reconnaissant Saphir.

Mon berger!...

SAPHIR.

Ma princesse!...

BARBE-BLEUE, à Popolani.

Tu ne les tuais donc pas?

POPOLANI.

Vous voyez bien.

BARBE-BLEUE.

Qu'est-ce que tu en faisais, alors?

POPOLANI.

Je les électrisais!...

BARBE-BLEUE.

Coquin!

BOBÈCHE, au comte Oscar qui s'approche *.

Tu n'as donc pas exécuté mes ordres?

* Bohémiennes, Popolani, Barbe-Bleue, Boulotte, Bobèche, le comte, Clémentine, Saphir, la princesse, Bohémiens.

LE COMTE.

Non, Sire.

BOBÈCHE.

Mais où les cachais-tu donc, ces gentilshommes?

LE COMTE.

Chez une cousine à moi.

BOBÈCHE.

Une gaillarde!

LE COMTE.

Mais, comme elle va se marier... vous comprenez... elle ne pouvait pas les garder chez elle.

BOBÈCHE.

Pourquoi?... (A Barbe-Bleue.) Mais qu'est-ce que nous allons faire de tout ce monde-là?

BARBE-BLEUE.

Est-ce que je sais, moi?... sept femmes!... Comme c'est amusant!... Est-ce qu'il va falloir que je les reprenne?

BOBÈCHE.

Eh bien!... et moi... ces messieurs, dont je me croyais délivré... Qu'est-ce que je vais en faire?

BOULOTTE, à Bobèche.

Comme il faut peu de chose pour vous embarrasser!... sept femmes... sept hommes... nombre égal...

BOBÈCHE, répétant machinalement.

Nombre égal...

BOULOTTE.

Eh bien, mon cher, vous allez marier tous ces gens-là!... chaque cavalier prendra la main de la dame correspondante et l'épousera immédiatement.

BOBÈCHE.

Accordé! accordé!... comte Oscar?...

LE COMTE.

Sire?...

BOBÈCHE.

Faites ce qu'on vient de dire.

LE COMTE.

C'est bien simple.

BOBÈCHE, à part.

Je n'y ai rien compris du tout.

Il passe près de Clémentine qui se trouve à l'extrême droite. — Pendant le chœur suivant, le comte Oscar fait passer la princesse Hermia et la conduit à Popolani qui la place en tête des femmes de Barbe-Bleue, qui se sont posées sur une seule ligne oblique. — Elles se trouvent ainsi rangées : La princesse, Héloïse, Isaure, Rosalinde, Eléonore, Blanche et Boulotte. — De leur côté, les hommes se sont aussi placés sur un seul rang, à droite : en tête, Saphir, puis Alvarez, les quatre seigneurs et Barbe-Bleue. — Au milieu, un espace libre dans lequel sont Popolani et le comte Oscar. — Bobèche et Clémentine sont toujours à l'extrême droite.

FINALE *.

CHŒUR.

Idée heureuse,
Ingénieuse !
C'est original
Et moral !

A chaque présentation les personnes désignées s'avancent, les femmes près de Popolani, les hommes près du comte.

LE COMTE, présentant Saphir.

Premier seigneur !

POPOLANI, présentant la princesse.

Première dame !

LA PRINCESSE, à Saphir **.

A vous mon cœur !

* Bohémiennes, Popolani, Bohémiens, Bobèche, Clémentine.
** Bohémiennes, Popolani, la princesse, Saphir, le comte, Bohémiens, Barbe-Bleue, Clémentine.

SAPHIR.

A vous mon âme!

LE COMTE, à la princesse.

Ça vous va-t-il ?

LA PRINCESSE, avec joie.

Si ça me va!

BOBÈCHE.

Hop-là! hop-là!
C'est entendu, passez par là!

CHŒUR.

Hop-là! hop-là!
C'est entendu, passez par là!

Saphir et la princesse remontent au second plan

LE COMTE*, présentant Alvarez.

Second seigneur!

POPOLANI, présentant Héloïse.

Seconde dame!

LE COMTE, à Héloïse.

Ça vous va-t-il ?

HÉLOÏSE.

Oui, ça me va.

BOBÈCHE.

Hop-là! hop-là!
C'est entendu, passez par là!

CHŒUR.

Hop-là! hop-là!
C'est entendu, passez par là!

Héloïse et Alvarez remontent au second plan, près de la princesse et de Saphir.

LE COMTE, présentant quatre bohémiens.

Quatre seigneurs!

POPOLANI, présentant quatre bohémiennes**.

Et quatre dames!

* Bohémiennes, Popolani, Héloïse, Alvarez, le comte, Bohémiens, Bobèche, Clémentine.

** Bohémiennes, Popolani, le comte, les Bohémiens, Bobèche, Clémentine.

LE COMTE, aux quatre femmes.

Ça vous va-t-il?

ISAURE, ROSALINDE, ÉLÉONORE ET BLANCHE.

Oui, ça nous va!

BOBÈCHE.

Hop-là! hop-là!
C'est entendu, passez par là.

CHŒUR.

Hop-là! hop-là!
C'est entendu, passez par là.

Les quatre seigneurs et les quatre dames remontent au second plan, près des autres.

LE COMTE, présentant Barbe-Bleue *.

Dernier seigneur!

POPOLANI, présentant Boulotte.

Dernière dame!

BARBE-BLEUE, à Boulotte.

Voyons, Boulotte, sois bonne!

BOULOTTE.

Tu veux que je te pardonne?

BARBE-BLEUE.

Au fond, je suis bon enfant.

BOULOTTE.

Scélérat! traître! brigand!

BARBE-BLEUE.

Je te promets d'être aimable.

BOULOTTE.

Tu le jures, misérable?

BARBE-BLEUE.

Je le jure!

* Popolani, Boulotte, Barbe-Bleue, le comte, Bobèche, Clémentine.

BOULOTTE.

Tu le jures?

BARBE-BLEUE.

Combien faut-il de serments ?

BOULOTTE,

Ah! l'habile homme!
Voyez donc comme
Il me prend par les sentiments !

Le comte passe à droite, Saphir descend à gauche avec la princesse. et Héloïse à droite avec Alvarez.

BARBE-BLEUE *.

Quant à moi, je suis très-content
Que cela finisse gaîment !

BOULOTTE, *au public.*

Vous connaissez son caractère.

BARBE-BLEUE, *de même.*

Vous connaissez mon caractère.
Je suis Barbe-Bleue, ô gué !
Jamais veuf ne fut plus gai !

CHŒUR GÉNÉRAL.

Il est Barbe-Bleue, ô gué!
Jamais veuf ne fut plus gai!

* La princesse, Saphir, Popolani, Boulotte, Barbe-Bleue, Bobèche, Clémentine, le comte, Héloïse, Alvarez, les autres couples au second plan.

FIN

Emile Colin. — Imprimerie de Lagny.

www.ingramcontent.com/pod-product-compliance
Ingram Content Group UK Ltd.
Pitfield, Milton Keynes, MK11 3LW, UK
UKHW031914260826
14628UKWH00003B/1177

9 782019 138479